공허의 눈

공허의 눈
김효태 시집

초판 인쇄 | 2015년 2월 25일
초판 발행 | 2015년 3월 01일

지은이 | 김효태
펴낸이 | 신현운
펴낸곳 | 연인M&B
기　획 | 여인화
디자인 | 이희정
마케팅 | 박한동
등　록 | 2000년 3월 7일 제2-3037호
주　소 | 143-874 서울특별시 광진구 자양로 56(자양동 680-25) 2층
전　화 | (02)455-3987 팩스 | (02)3437-5975
홈주소 | www.yeoninmb.co.kr
이메일 | yeonin7@hanmail.net

값 10,000원

ⓒ 김효태 2015 Printed in Korea

ISBN 978-89-6253-163-3 03810

공허의 눈

김효태 시집

꿈처럼 잡을 수도 없고
머리도 꼬리도 없는
공허의 씨앗 눈
그러나 음향과 바람은
귀를 달고 언어로 소통하며
살아 움직이는 실체가 있다

날개도 달지 않았는데
해를 품는 달처럼 온갖
기상현상의 눈과 귀를 달고
공기 부양선으로
이변을 일으키는 신기루

연인M&B

| 詩選 |

雄飛 김효태

시는 神과 소통하는
도구의 신화(神話)다.

詩는 복숭아처럼
순수하고 달콤하던가?
빛의 여운을 긋는 꿈처럼

마음에 귀를 달고
다가왔다가
향수 바다를 품는가?

연습이 없는 人生
삶의 본질은
영혼의 꽃밭을 만들면

가슴을 어루만져 주는
詩魂에 머무는 사랑
당신의 平和를, 평화를……

차례

제1부

연인

제2부

신화의 꽃 등불

호주 시드니 오페라하우스에서

연인(戀人)

사랑은 온유한 저울대의 추
마음 안의 심장으로
사랑을 계산하는 것은
마귀의 몸통이다
사랑을 구걸하는 것은
주술사의 소원일 뿐이다
사랑 앞에 선 자존심은
빈 조개껍데기다

참사랑은

서로가 인정을 전재(前載)로 하는
희생정신으로
부족한 부분을 채워 줄 수 있는
공생(共生)하는 의지가 있어야
수정 같은 화신(花神)으로
영혼의 반딧불이가 공감할 때
목마 탄 왕자의 춘몽으로
몸과 마음 쉬게 하는 보금자리

눈동자의 별빛 속에
神의 경지가 비친 자화상인가?

연戀人인

사랑은 온유한 저울대의 추
마음 안의 심장으로
사랑을 계산하는 것은
마귀의 몸통이다
사랑을 구걸하는 것은
주술사의 소원일 뿐이다
사랑 앞에 선 자존심은
빈 조개껍데기다

참사랑은

서로가 인정을 전재(前載)로 하는
희생정신으로
부족한 부분을 채워 줄 수 있는
공생(共生)하는 의지가 있어야
수정 같은 화신(花神)으로
영혼의 반딧불이가 공감할 때
목마 탄 왕자의 춘몽으로
몸과 마음 쉬게 하는 보금자리

눈동자의 별빛 속에
神의 경지가 비친 자화상인가?

억겁의 인연

춘풍에 메아리로 오는 봄비처럼
시간의 기억에 인연 잡으려고 했지만
억겁(億劫)*의 인연, 맑은 영혼으로
질주하는 신경의 분자들
파고드는 그리움 속에 마음을 풀고
귓속에 이명처럼 쌓아 놓은 고진감래

멀어진 생각의 깃, 숨기지 못한 채
다가오는 인연에 발목을 잡힌
영혼의 설렘인가?
수런거리는 바람의 옹이들
비수로 심장에 꽂고 가는가
파란 눈금으로 꽃샘을 떨군다

자유의 날개가 찢겨진 긴 세월 속에
상처가 욱신거리는 억겁의 시간
파랗게 멍든 하늘을 본다
그리움의 속삭임만 흩날리듯
붉은 심장에 나이테로 새기고
기억의 저편에 발효되지 않은 새싹들이
침전된 마음에 치유의 열꽃이 핀다.

* 억겁(億劫): 〈불교〉 무한하게 오랜 시간.

시視線선

착각에 비틀거리는 선입견과 편견
눈을 멀게 하여 상처를 주고
마음 안에 지옥을 만드는 것
눈의 형광등에 비치는 것만이
세상의 전부가 아니다
자신이 선 위치, 빛, 색채, 각도에 따라
사물이 보이는 시각이 달라 보여
때로는 마음을 마비시키지만……

마음의 심장 안에 긍정적인 사고와
감정의 합리화, 조화로운 소통의 길
고정관념의 틀을 벗어나
볼록렌즈와 오목렌즈에 비친 자화상
변화무쌍하고 신비스럽도록
세상을 보는 장님의 착시현상을

귀로 보고, 눈으로 음미하며
코로 사색하고 입으로 찰나 세상 보는
공감의 느낌과 영혼의 눈은
허공 속에 씨눈을 뿌리는
마음 안에 악마를 남기지 말아야

공共感감
―삶의 파노라마

우주에 무지개 빗살무늬 속 떨림
눈으로 꿈의 꽃을 심고
귀에 향기를 담으며
감춰진 속살 헤집던 굴레
벌거벗은 나무처럼
꽃이 흘리는 붉은 상처
한, 오라기의 달빛에
현기증 나는 마른 눈물을 삼키며
심오한 진리로 담금질한다

뒤돌아가야 할 집이 없는
낙엽의 심오한 노래처럼
아련한 추억의 편린들
애잔한 노을 한 조각 뒤돌아보지 말자
휘청거리는 삶의 무게
물보라 기둥 솟구치듯 꿈을 심자
베짱이가 베틀에서 시어를 엮듯
서생원의 쑥덕거리는 귓속 이야기까지
오감으로 만물의 소리를 경청하자
인과응보(因果應報)처럼……

날개

삶이 아파서 낙뢰 칠 때
마음의 여백을 찾아 길 떠나라
수평선 소실점에 서서
공간의 비탈길을 휘어 감는다

유령처럼 시시각각 변화하듯
꽃구름으로 수를 놓는다
반딧불처럼 유영하는
자유로운 그림자의 여신이여

세상의 모든 것 다 품어
비탄의 회랑을 긋듯
자석처럼 호흡하며
파도 타는 타잔이 되어 보라

봄빛처럼 산다

봉창을 여는 삶의 나침판
하늘의 무지개를 펼쳐보면
그리운 얼굴들이 머문다

햇살처럼 그 온유하고 따뜻한
붉은 심장이 뛰면
짜릿짜릿한 그 눈빛
흥분의 도가니 속에
내 마음 비단 꿈을 주고
애절한 기다림의 사연들
얼마나 간절한 소망이었던가?

그림자만 봐도 설레고
보기만 해도 행복한 것처럼
자석처럼 끌리는 인연
떨리는 가슴 한, 켠에서 터질 듯
소용돌이치는 가슴은 부끄부끄* ^^
영원한 사랑은 달콤하게 꿈꾸는 세상사

* 부끄부끄: 마리오 시리즈에 등장하는 유령이다.

귀歸天천

해바라기 향수를 품고
하늘 문 스크린 속으로
머물지 않아도 머물 듯한
영혼의 넋들이 살아 숨 쉬는 곳

구름바다 속
섬과 섬을 잇는 천사의 오작교
보라매처럼 날고 싶다
길은 멀어도 새로운 세상 향하여

빛이 발하는
버거운 삶이 없는 천주의 세상
영원한 안식처
모태로 돌아가리라

명冥想상

마음 안의 드라마를 들여다본다
숨을 고르고 박동을 멈추며
지나간 그림자를 본다

풍선처럼 부풀러진 욕심들
심령의 공간 안에 잡아넣고
석고상처럼 무욕으로 탈바꿈하는
꿈을 꾸며 환희를 느낀다

해돋이와 저녁노을 보며
하루의 일상을 점검하는
손익계산을 해 보며
자신의 심판대를 자아비판한다

삶의 옹이 하나 뿌리내리고
밤하늘 우주성(宇宙城)에 비친
오로라를 보는 희망으로
평화를 구가하며 꿈을 심는다

평平和화

빛이다
그림자와 공생한다
공기로 유랑하면
실루엣 오염의 산물이다
무예가는
기억 없는 심연이다

잔잔한 호수는
지옥을 낚는 터전이다
깃발은
표징은 있으나 허구다
운율로 승화하지만……
입술이 없는 무지개다

꽃이다
바람난 향기를 피우면
가슴 정화하는 기쁨의 전설로
신의 경지다
종잡을 수 없는 마의 산물
주술사의 소원일 뿐이다

진정한 平和는
자신의 마음 안에 있을 뿐이다

무아지경

神의 영역 속 풍차처럼 맴도는
내 안에 똬리 품고 있는 욕망들

우주의 은하철도를 잇는
꽃구름 속에 숨바꼭질하는
반딧불이 은하가 학춤을 추면
땅의 골수까지 파고드는 고요

밤이슬이 장편소설처럼 내리면
질곡의 세월 무소유를 갈망하는
불타는 오방색 오로라에 목메고
시그널처럼 벌거벗은 알몸뚱이들

쇠똥벌레가 굴리고 갈
곰삭은 영혼의 넋으로
천국의 문이 아무리 좁아도
지옥문의 빛살은
神의 경지에 이른다

고孤獨독

적막이 내 가슴에 내린다
긴 고요가 산 그림자처럼 침묵하면
겹겹이 쌓여진 가슴을 헤집는
하현달 그림자
한 줄기 연분홍 강물 흐르고
그리움만 쌓이는 안개꽃
가슴 벅찬 설레임으로
함께 나누던 애틋한 사랑 이야기들

세월의 분지를 잡지 못해
애환과 서러움을 토하는가?
내일이 오면 너와 나 우리는
서로가 어깨를 토닥거리며
하얀 눈꽃 맑은 눈빛으로
진홍빛 장미꽃으로 승화하는
봄비가 되어 속삭이리라
허공을 향하여……!

노을은 여운을 남긴다

몽환의 일몰 바다 마술을 본다
과거를 꿈꾸듯 하늘과 바람이
무한의 자유를 품은 바다

하늘의 분신 붉은 환영
노을이 석양에 선혈로 토하는
태양의 안타까운 몰골
그 빛의 산란 속에
네 사랑이 바다에 뿌려진다

석양 그늘에 고기잡이 어부들
하늘도 구름도 바람이 되어
품을 수 없는 그리움이란 걸
스산하게 쓰러지는 황혼
내 마음은 모두가 그림 풍광

그 황홀한 신비의 바다속 비경
당신의 가슴속 불씨로
그대가 신화되어 달려오고 있다

비빔밥처럼 산다

식재료 궁합에 맞는 것 모아
고추장 참기름을 섞어서
이리 비비고 저리 비벼서
잡채로 만든 먹거리
별미로 진주 빛을 낸다

우리네 인생사 새옹지마라
우리의 백의민족 단일민족은
호랑이 담배 먹던 옛이야기
혼혈아 낳으면 감추고
속살을 헤집고 지웠던 시절
지워진 꽃은 상처뿐이었는데

지금은 토종도 경계선도 없는
황 백 흑 혼혈 다문화의 시대
비빔밥 세상으로 이리저리 비비며
벌거벗은 문명의 알몸덩어리
서로 등을 맞대고 함께 산다
인류의 평화와 자유 갈망인가

갈대꽃 피는 금강 하구언

금빛 머리를 풀어헤친
갈대의 순정은 고즈넉한 강변에서
숨어 오는 바람 소리에
서걱거리는 몸짓으로
무언의 깃발을 흔들고
푸른 신화를 꿈꾸고 있는가?

소슬바람 속에
그리움의 씨앗 하나 숨어 오니
허전한 강가는 심연으로 잠기는데
가을이 몰고 가는 속삭임 속에서
갈대밭길 거닐 때

달빛 속에 잠든 연인의 숨결이
폭포처럼 쏟아진다
솜털 같은 그리움, 서러움일랑 잊고
갈무리 속에 묻어다오
아, 그리운 내 사랑아!

* 금강 하구언: 충남 서천군 마서면 도삼리 〈신기마을〉.

기적 소리

세상의 섬과 섬을 이어 주는 기차
인간 띠 잇는 갑 을 병 칸에
애환의 구름다리가 넘나드는
집시처럼 떠도는 이방인의 길

삶을 뒤돌아 동그라미 그리는
희망의 기적 소리가
온누리에 만남의 장터인가?

신문명에 한 발짝 물러선
기차길 옆 오두막살이 한 채
세상의 빛 출구가 없는
고립무원 속에 깊이 갇혀도

산등성이를 휘돌아오는
향수의 나팔 소리가
추억 속에 풍차처럼 맴돌고
햇살을 밟는 들꽃처럼
이별 앞에 향수는 언제나
기적처럼 그리움만 사무친다

추억이 머무는 향기

삶의 뿌리를 내린 고향…… '서천'
복사꽃 살구꽃이 피는
솜털 같은 꿈, 많은 유소년 시절
무지개 꽃, 꿀을 먹던
정든 고향집을 영영 떠나며

초원의 언덕 위에 초승달처럼 걸린
하얀 십자가가 하늘 사다리를 놓고
성당의 심오한 미사, 은방울 소리
수많은 상념 속을 헤매고
시간과 마음, 끝자락 멈추는 길

본향을 떠나 출가하던 그날
한 줌의 꿈을 가슴에 담아
난파선을 타고
청운의 숲, 향학을 위한 서울로
모험을 떠나야 했던가?

가는 길 위에 삶의 질곡은 쌓이고
눈에 아물거리는 추억의 탑은
어머니의 탯줄을 걸어 놓고 가는가?

꽃의 분심

남녀 간의 사랑은 활화산 같고 뜬구름 같은 것
꽃은 주막에 홍등을 걸고 님을 기다리는데
신열이 나면 귓불이 붉어지고
욕망이 가득 찬, 숨소리로 나비를 유혹하면
나비는 촉수로 꽃의 입, 수술에
살짜기 내려앉아서 화간을 하면
거친 숨소리로 심장을 붉게 달구는데

이방인 벌 떼들이 심술이나 부리듯
꽃의 신비에 쌓인 매혹에 도취되어
꽃의 심장을 두드리며 비밀번호를 푼다
고무줄을 당기듯이 목덜미를 잡힌
꽃은 강간을 당해 초점을 잃고 멍하니 서서
메아리 없는 달빛에 고해성사나 하듯
홍조 띤 모닥불처럼 비명을 토한다
인생은 꽃상여로 바람 타고 가듯 흐르고
현해탄을 꽃비를 타고 건너가는
수도사들의 뒷모습처럼 처연하다
거울 호수에 달빛이 머무는 촛불인가
세상 풍상의 질곡인 혜안은 분심인가

제2부

신화의 꽃 등불

설중매

너희 그 고운 입술
빛깔에 반하고
향기에 취한
선비의 심지 꽃

세속에 물들지 않으려고
여린 손 가지마다
눈망울 서리처럼 피어도

애잔한
삶의 지표로
고고한 기질을 닮은
심안의 의지로 감내하련다

신화의 꽃 등불

코스모스는 크리스털처럼
지구상 첫 미소의 얼굴 신데렐라
큰 별 속에 은하수 품은 작은 별
우주 공간에 질서를 조화로 이루고
별빛 한 모금 모아
한 송이 꽃이 되고 그리움 키우는 너,
부활을 펄럭이는 깃발인가

영혼만은 태양처럼 빛날까
연한 파스텔 색조를 섞어
가는 허리 서로가 기대고 서서
꿈을 율동하며 향기 솟대로 하늘 품다

국화는 오상고절(傲霜孤節)이라
우리 인생의 마지막 가는 길
마음을 윤회시키는 환희다
모두가 주문을 외듯
극락장생을 기원하는 위령제

허나, 삶의 활기를 엮는 국화주
고려가요 '動動'의 '9월령에
9월 9일에 아으 약이라' 했던가?

서리 밭에서도 푸른 통치마 두르고
심장에 자연 향기 가득 담아
어사화가 되어 꽃 빛살을 보듬는 너,
고고한 기품과 절개를 지키는
군자의 모습이 아닌가 싶다

인생의 징검다리
코스모스가 처음, 별을 뜨도록
신생의 원조 여신(女神)으로
국화는 인간의 윤회로
비늘을 벗고 원점으로 가는 거다

찔레꽃 당신

당신의 미소에 감전되어
흩날리는 봄바람의 속삭임은
붉게 타오르는 빛으로
빈 항아리의 속을 채워 주는
너의 목소리를 듣는가?
벼랑 끝에서 떨칠 수도 비껴 갈 수 없는
조각달의 섬과 섬을 만들고
온몸으로 파도에 부딪히며
산란하는 그리움만 채우는가?

당신의 포로가 된 가슴 잠들지 못하고
내 안의 안개꽃처럼 퍼즐만 밀려오면
다가설 수 없는 심연을 들여대지 못하고
포말처럼 밀려오는 눈빛의 환상을 본다

길가에 서성이도록 눈물로 가슴 적시며
불면의 시간 속 반란하는 가시 돋우고
허공을 향해 푸른 꿈 향기 피우며
초승달처럼 환하게 웃으면
까치밥성찬 시 새날이 밝아올 때
태양의 끈을 잡고 동여맨 심장을 풀면
당신의 눈물 찔레꽃이 핀다

라일락꽃 필 때

바람이 불면 향기 깃발이 펄럭인다
환한 봄빛처럼 홍안의 여고생들
웃음꽃 피우며 가던 길 멈춘다
시린 코끝 충혈된 눈빛으로
유혹하는 향수에 희미해진 눈망울
단발머리 휘날리듯 하현달 꼬리 무는
심연의 노랫소리 듣는가?

꿈의 여신, 가슴 움켜잡는 설레는 임
보랏빛 향기만 탐내는
벌 나비 향연 속에
바람으로 흩어진 영혼으로 피어나니
풋사랑 짝사랑 첫사랑 눈먼 사랑
그대가 머문 자리에
이별 앞에 손사래만 젓노라

가슴 밑에 깔려 있는 기억의 레일 위로
누군가의 업둥이를 업고 오려고
귓불이 자꾸 붉어 오는데
내 안에 읽지 못한 그리운 꽃송이
아름다운 학춤을 추는 사랑 노래
향기 가득 담고 은하수 뿌리는 황홀함이여

수선화

청초한 햇살 머무는 정원
닭 벼슬처럼 고개 들고
하늘을 품는 봄의 전령사

꽃이 피면 별빛 되어
감동 설렘 희망을 주는데
꽃이 지면 달무리가 되어
추한 모습 고개 숙인 너,

생과 죽음의 굴레
이별이 오련마는
영혼의 빛과 그림자
꽃바람개비가
어둠 속에 산란하는 것

자연은 풍차처럼 돌 듯
계절 탈바꿈은 성찰하는
오로라의 소묘 같은 거

자연은 일상을 깨우치듯
마음을 수놓는 동화로
햇살 부서지는 회문
황금나침판 속으로……!

아카시아꽃

나그네 가는 길손을 멈춘다
코끝을 매혹하는 꽃내음
겨드랑 사이사이로
햇살무늬 꽃 반짝이네
하얀 솜사탕꽃이의 가지마다
팝콘들이 벌집을 만들고

초롱초롱한 눈망울 꽃송이 속에
잉잉대는 꿀벌들은 입맞춤하네~

몽롱한 향수에 취해 버린 너,
그리움이 하얀 송이송이마다
영혼의 등불을 밝혀 주며
하늘하늘 날갯짓하는 하얀 나비 떼
꽃비가 파도처럼 내려앉을 땐
노을빛 덩달아 석양에 곱게 춤추네

상사화

님의 무지갯빛 그림자
그립다고 말을 할까 말까
보고 싶다, 말을 할까 말까

환한 미소 뒤에 감춰진
붉은 노을의 리듬 타고
봉황처럼 신비 조화를 이루는
기다림에 지친 너

나비처럼 허공을 끌어안고
별의 빗살무늬가 되어

양귀비처럼 고고한 자태는
사랑의 분출도 뿌리내리고
엇갈린 기다림의 견우직녀
상사병의 처방으로

새날, 별이 드는 길목 지키며
그리움이 가슴으로만 피는
환희(幻戲)의 불꽃, 영혼인가?

설중매

너희 그 고운 입술
빛깔에 반하고
향기에 취한
선비의 심지 꽃

세속에 물들지 않으려고
여린 손 가지마다
눈망울 서리처럼 피어도

애잔한
삶의 지표로
고고한 기질을 닮은
심안의 의지로 감내하련다

백목련

뽀얀 가시광선으로 웃는다

온누리를 맑게 아우르는
순백의 고귀함으로
단아하고 무념무상한 꽃잎들
한 송이 꽃을 피우기 위해
온몸으로 뿜어내는 향기
울음보다 더 쓰리고 아프다

그 순결의 당당한 몸짓으로
하나의 눈빛을 맞추기 위해
전율을 하듯
숙명의 고뇌를 빛으로 발하여
가슴의 비늘은 바람 세상으로

자목련

여릿여릿한 그 몸피는
금방 바스러질 것 같은
피멍울을 낭자한 꽃자리
자홍빛 수놓아 눈부시다

봄 처녀 젖가슴 봉긋하듯
몸, 달아오르는 발병이 나면
화들짝 영글어 가는
곱디고운 자홍빛 영혼들

도화살로
다른 세상 바람 불러들여
소리 없는 몸짓으로
서러움 안은 짧은 숙명들
그늘 숲 보따리로 쏟아 놓고
사랑하는 님과 이별하며
간추린 거안제미되려는가?

해당화

명사십리 천혜의 신두리 사구*
모든 것, 다 품어 줄 것 같은 바다
바람과 모래가 빚은 풍광 속에
누각처럼 사구에 떠 있는 샛별
해당화가 환하게 웃고 있다
평화 속의 빈곤한 가슴을 열고
자두 꽃처럼 달빛이 핀다
노을빛 잡고 꼭두각시처럼
파도가 혀를 내밀고
애무하는 바다의 톱 사이로
혀를 핥고 간 자리―
바람난 바다의 비린내만
코끝에 스치는
조약돌에 술주정하는가?

하얀 속살 비운 자리마다
낙차의 숨결은
가부좌로 묵언수행 나누고
삶, 절규와 사랑의 오작교
불 꺼진 무대처럼
세속의 때를 여과하는가

* 천연기념물 제431호 충남 태안군 원북면 신두리 해안사구.(2001. 11. 30 지정)

40

들꽃의 무욕 향기

고독의 심지를 돋우며
스치는 바람에 윙크
세상풍상 먼지로 화장해도
청풍에 깃발을 펄럭이는데

소낙비를 숨죽여 마시고
바람 날개로 오염 씻어내
천둥번개가 번쩍이면
별꽃처럼 떠오르는 형광등
벌 나비 가슴에 품어
뽀송뽀송한 꽃가루 적셔 주면

밀어의 사랑 노래 부르며
청량한 눈빛으로
영혼을 잠들지 않게
사랑을 향유하는
무욕의 진실을
꿈꾸는 들꽃으로 산다

들꽃의 기치

모진 풍파 고진감래 숨고르기
삶의 굴곡은 깊어 가는데도
온몸으로 쌓아 올린 신열의 깃발
꽃 향유로 피우는가?

붉은 언어를 가슴에 품고
피 흘려 목 놓아 우는가?
열꽃으로 쏟아내는 상흔인가

만고풍상 겪는 순간
뒤를 돌아보면 아쉬움만
실타래처럼 사연만 남기고

마음 한켠에서 칭얼대는
아가의 옹알거리는 미소처럼
벌 나비의 님을 반기리라

잡초 같은 무욕의 들꽃들
영롱한 환희를 꿈꾸리라
저녁노을처럼
오로라의 황홀함을!

코스모스 향기

호숫가 잔잔한 바람 타고
은은한 향기 품어
그대와 함께
눈
을
감
고
살며시 입맞춤할 때
내 마음 뭉클한 향수와
당신의 젖가슴에
살아 있는 욕정이
여린 꽃잎을 흔드는구나

바람아 흔들지 마라
청초한 마력으로
마냥 방끗 웃는
너의 주홍빛 미소가
내 사랑 흔들어 대면
난 지옥 불에
화간(和姦)으로 머문다

접시꽃 나팔

하늘이 가꾸고 키워 준 당신
인공위성 안테나 접시를 열고
오색 율동으로 도란도란 속삭이며
활짝 웃는 언어의 연을 푼다
심장은 크고 넓은 마음으로
세상을 보듬고 품는다

첫사랑 꿈을 엮어 가며
그리움의 정열을 가슴에 묻고
옛 노랫가락 휘날리는 봄날
님의 씨앗 하나

우주선에 선회하도록
반짝이는 접시꽃은
못다 이룬 꿈의 그리움에
사색하고 하늘거리며
산 너머 떨어지는
빛의 노을 따라
하늬바람 속으로 접고 있다

* 접시꽃: 중국이 원산지인 아욱과의 여러해살이풀.

구절초

초근목피로 연명하던 유년 시절
보릿고개 넘던 생채기의 고갯마루
꼬불꼬불한 숱한 산모퉁이
가을 파스텔톤의 색조가 만연하다

청첩장처럼 한 잎 두 잎 쌓이는
앞산 뒷산 논둑길 들길에
서리 밭에 흰 눈 밟히는 소리 다가와
손짓하며 시름에 흔들리는 나그네

구곡간장에 달 그림자 위로
비단결 같은 부드러운 숨결
삶의 용해와
완전 연소시키지 못한 사랑가

세상에 없는 날개를
난, 달고 있음을 미처 몰랐다
꿈꾸며 기다리던 애절함
얼마나 간절했을까

파랑새를 놓친 듯 편린 한 조각
내 눈앞의 사물들이 사라지고
텅빈 공간에서 눈물 훔치던
보리피리를 불던 소년처럼……

한 송이 꽃의 숨결로

별빛 은하수 흐르는 강
삶의 옹이를 가슴에 품고
자궁 안에 꽃구름 지피기 위해
빙벽의 시린 빗장을 뚫고
그리움의 노을 씨앗 머금은 채
무념무상의 나날 속에
숨 가쁜 침묵을 허물고
내밀한 곳 속살 찌르며
얼마나 갈등을 견뎠을까

상흔이 피접한 아픔마저 달콤한
순결한 사랑 노래를 부르며
홍조 띤 얼굴을 내민다
천리향은 빛처럼 토하리라
형광등 밤하늘 섬광으로
환상과 감탄의 불꽃 되어
달빛으로 말갛게 채우리라
환한 함박웃음 꽃이 되어
온누리에 사랑 평화를 심으리라

생명의 불꽃처럼

자연의 신진대사는
반추하는 슬기로움과
정지된 화폭에 한숨을 토해 버리고
빛바랜 노을을 보며
바다를 가슴에 담는다

노을이 아름다운 것은
소망의 꿈을 쌓고
오롯이 내일의 일출을 기대하기 때문이다
기다림은 언제나 설렘이고
심상의 버팀목이 있기 때문이다
심상은 불멸 속에서도
아름다움을 화폭에 담아 가고 싶은
간절한 소망이 있기 때문이다

일출과 노을은 운명처럼 피를 토하듯
파노라마처럼 펼쳐진
신화를 꿈꾸고 있기 때문이다

제3부

도화살의 삭풍

빛

하늘의 창이 열리고
햇살이 대지 위를 덮으면
빛을 느낄 수 있다는 것은
어둠이 있기 때문이다

빛과 그림자는 역학관계
빛은 색을 만들고
색은 감동을 주며
그림자는 빛을 조절한다

모든 생명의 영혼은
빛과 함께 공생하며
빛과 색은 같이 율동하고

지구는 빛의 모든 슬픔을
닫을지언정 한 줄기
빛의 희망에 연민한다

도화살의 삭풍

온누리를 화염으로 불살라
무욕의 터널 속으로
생명의 불꽃 잠들지 못하고

마른 빈 가슴을 헤집고
부나비처럼 발갛게 달아오르는데
도화살은 바람 세상을 불러들여
모든 삭풍 이겨 내고
번뇌를 멈추고
비켜 간 사연과 인연의 고리
명주실 타래를 풀 듯
가슴 두드리는 얼굴 그림 그리는가?

바람이 보이지 않는다고
언어를 모를까
구름이 잡히지 않는다고
고향을 모를까
시나브로 주고받는 밀어 속에
그대 울긋불긋 꽃상여로 지나가고
빛을 잃은 하현달 마음을 내려놓는다

* 도화살(桃花煞): 여자가 한 남자의 아내로 살지 못하고 여러 남자와 상관하
거나 남편과 사별하도록 지워진 살.

꽃바람

유령처럼
지워지고 싶지 않다
몽유병을 앓은 세상
가슴에 묻은 바람결

실핏줄 숨결처럼 흐르고
지워지고 싶지 않다
서로의 가슴속에 넋으로
오래오래 남고 싶다

영혼이 지워지지 않는
꽃밭 향기를 풍기듯
네 이슬방울 눈물인가
내 피눈물인가?

봄맞이

겨우내 가슴속에
품었던 얼은 숨결
엄동설한에
몸부림치다
작은 꿈 심는
마른 풀씨 잠 깨워
햇살 조는 언덕에
뿌리내리도록
밀어낸다

실개천 위
떠도는 구름 속에
꽃무리 햇살
시린 가슴 여미며
바람에 나부낄 때
애잔한 그리움
강남 제비꽃도
가만 고개 내밀고
맑은 하늘에 몸을 던진다

잔치국수

눈이 먼 고향이 파도처럼 출렁인다
온 동네 이웃이 웃음 가득 찬
광대놀이처럼 구수한 풍경들
마음이 들썩들썩하는 설렘의 장터
현물 축하 달걀 한 꾸러미 닭 한 마리
훈훈한 마음 온정이 넘치는
결혼식 회갑 연회 축복받는 날
고향의 구수한 맛에 춤춘다

인고의 수세미처럼 생명줄 아우르는
별미 중에 별미 긴 국수 가닥 사연처럼
유년의 허기진 배를 채울 수 있던 기회
휘어진 허리를 펴고 서는 날
긴 여명의 수복강령 꿈을 심는다
가슴에 품은 정겹고 훈훈한 고향의 인심
화기애애하고 마음이 넉넉한 이웃사촌들

금강의 촌락에 풍미가 향기 나는 잔칫날
한, 많은 꿈의 나래를 펴는 화합의 장
가난은 해도 마음만은 언제나 풍요로운
그리움에 추억을 쌓고 넘는 노래를 한다

人生은 바람처럼

삶의 훈훈한 바람 마음속 깊이 불어온다
바람, 바람 갈바람이 산들산들
피부 마사지와 안마까지 해 주고
무지개처럼 꿈도 많던
허황된 사연들을 뒤로한 채

엄마의 깊은 품에서 새근새근
단잠을 자는 아기의 숨결처럼
잔잔한 호숫가에 사르르 부는
안식의 꿈을 꿈꾸는
마음은 초원의 미풍도
낙엽과 함께 인생은 간다

바닷가 거센 풍랑도 역류하며
목적지를 향한 마음은 가도 가도 끝없는
수평선 넘어 황혼은 물들어 가고

토네이도(Tornado) 같은 재앙의 폭풍은
지옥의 악몽을 머금고
지난날 추억 속에 삶의 아쉬움만을 회고,
자책하면서 희로애락에 교차되었던
숱한 역사를 재창출한다

초심을 잃은 인간은
육체의 욕정만을 채우려고 하지 말고
자신의 내면, 성찰과
나만을 생각하는 마음의 이기심을 버리고
잊혀지지 않는 과거의 잘못된 실수
미래의 불안감도 강물처럼 넘쳐 흐르듯
인생은 연민의 승화로 흘러가는
구름과 함께 바람처럼 유유히 간다

힐링 4월이여

춘풍의 돛대 역주행하는
공멸의 잔인한 달이라고
모순은 부정을 낳고
반목과 분열을 조장하는 쇠털들
허나, 시류는 부활의 싱그러움으로
눈과 마음을 사로잡는다

노랑나비 하늘거리는 유채꽃 섬
녹색 바다를 출렁이는
청보리 알알이 품고
하늘에 솟대를 띄우면
자운영 꽃 논두렁에 평화 심는다

숲속 뭉게구름 피어오르는
순백의 벚꽃들의 합창이여
냇가의 소안에 품은 안무가 피어오를 땐
계곡에 바위의 속살까지
수채화의 물감을 풀어 놓는다

파란 망망대해의 물고기 비늘처럼
햇살무늬가 반짝이며
못 잊을 시간과 추억의 선율 요동하는가?

소라의 빈껍데기 섬

추억의 문턱 넘지만, 달콤하게 속삭이던
고향의 봄은 잃어버린 텅 빈 그 자리
허허로움에 멈춘 타임머신
산자락 게딱지 대문은 열려 있다만
태초의 원두막처럼 버티고 있다

서생원 세상의 둥지 섬 낡은 석가래
아버지의 곰살궂은 갈비뼈처럼
시린 치아가 시근시근거리고
처마 끝자락 거미줄은
지난날 이야기처럼 긴 여운을 긋는다
마음 안의 그리움만 구름 위를 걷고 싶은
그림자를 영상에 담아 본다
코, 흘리며 자벌레처럼
눈빛과 영혼을 살찌우던 유년 시절
옹달샘에 마음을 묻어 두라고……

공허의 시간, 그림자만 간밤의 이슬처럼
나그네 바람은 고립무원 속에
달빛이 만삭이 되어 마실 왔다 가면
별빛만 무르익는 무릉도원으로
세월을 묻고 살던 빈껍데기가 부끄럽다
삶의 변주곡 산산이 부서진 둥지는
잠깐 빌렸다 간, 빈 휴게소 쓰레기인가 보다

순례의 영혼 쉼터

하얀 화선지에
넋두리하는 소망들
남은 길은 어찌하면 좋을지……
끝이 보이지 않는가?
닫힌 마음을 열지 못해도

순정의 흰 눈, 속에
수많은 지문과 발자국을 남기며
주문을 외우듯
편견과 오만함을 묻고
눈 녹이듯 벽을 허물어
들꽃처럼 함께 웃으며
흐르는 강물처럼 소근거리는
파수꾼이 되어

네가 나의 손을 잡아 함께하면
내 넋의 도금(鍍金)은
인생의 끝자락 쉼터
한 줄기 생명수가 되리라

핑크빛 능금

봄처녀 풍만한 젖가슴
신열하는 붉은 얼굴처럼
바람을 피우다가 들킨
화냥년의 화상처럼……!

빨알간 능금나무는
바람의 고삐를 쥐고
빛과 향기를 심는다
한 알, 한 알 농익어 가는 소리
향기에 추억도 영그는가?

농부의 손길은 출하의 기쁨보다
기다림의 끝자락에서
과일은 성숙한 속살을 찌고
지난날 지친 푸른 옷을 갈아입는
수많은 사연과 이야기들……

향기는 눈에 보이지 않고
겉모습에 만취한 세상
피부로 눈빛으로 영글어 가는
농심(農心)의 땀을 품고 있는가?

천리향의 화심

비단 바람결 타고 온 여신
숨 고르며 부르는 님, 이기에
마음 떠난 그 님 찾으려고
천리 길도 멀다하지 않고
연분홍꽃 입술 도장 찍으려고

그 매혹적인 요술쟁이 불러
긴 실타래 향기 분출할 땐
고혹의 눈, 그림자
천상을 후끈 달군
꿈속의 님, 가슴에 품고
그대의 화심(花心)에 눈이 멀어

바람을 피우다 들킨
요조숙녀의 화간처럼
그대 향기에 귀를 열고
지고 뜨는 별자리 끝자락
마음을 삼킨 쉼표 하나

* 천리향 꽃: 서향(瑞香)나무는 팥꽃나뭇과의 상록 관목으로 원산지는 중국.

푸른 망망대望茫臺

쪽빛 바다 시작의 향연
햇빛에 점화되어 굽이치는데
멀리서 먹이사슬 삼킬 듯
온몸을 부수며 노도를 친다

하마의 입에 하얀 거품을 물고
파도의 악장마다
곡예하는 몸부림도
더 이상 오를 곳이 없다는 걸
자연의 순리를 뉘우치면……

태풍의 눈, 언제 변할지 몰라도
휘몰아쳤던 풍랑을 잠재우고
원래의 제자리 망망대로 가면
소우주 속에 맑은 눈동자로
수평선에 피는 꽃 희망을 보리라

만병통치

이승 저승 넘나드는 고갯마루
삶의 찌꺼기 옹이 하나 짜내고자
두문불출 소식은 두절되고

내 안에 뻐꾸기 알을 품은
음계는 무녀처럼 널뛰고
가시옹이는 심장을 헐고
먹구름 위에 가물가물 노을 치니

섬과 섬의 구름다리 오락가락
쉼표의 뒤틀린 마녀사냥
자연 섭리의 깨달음으로
안도의 숨을 돌리는 진정제

금의환향하듯 안도감 주는
순간의 몽정 속에 생의 꽃비로
천국의 문을 두드리는가?

가는 길

하늘과 땅의 길
앞선 이와
뒤선 이도
목적은 같다

그러나

돌아올 땐
얻어 오는 사람
삶의 방관자
버리고 오는 사람

그러나

가진 자나
없는 자나
마지막 가는 길
빈손으로 간다

유성 우드볼 연가

창조의 공활한 소우주
금빛 분수를 뿌리는
유성온천 휘돌아가는 길목
과학 중심의 벨트 터널 속
꿈이 있어 미래가 있는 고장

천수를 누리는 님들이여!
푸른 대지 위에서
굴렁쇠처럼
불덩이를 쏘는 영혼의 화살촉
출렁이는 기교와 재주로
삶의 굴곡을 넘나드는
한 생애의 생채기 기를 품는
충혈된 노을의 여운
한 컷의 황홀함이여

먼 곳에 있어 그리워지고
가까이 있어 행복하다
우드볼, 우드볼 웅비!
새 역사를 창조하리라

* 국민생활체육 대전 · 유성구 우드볼연합회 1대 회장 역임.

담쟁이 하늘을 쏘다

하늘을 향해 꿈을 안고
삼베를 짜듯 모자이크로
빛을 끌어당기는
생명의 숨소리를 본다

이심전심 끈끈한 정으로
서로 가슴을 끌어안고
나는 너를 잡고 넌 나를 밟고
아슬아슬한 절벽을 타다
힘들어 허공을 휘젓고
스치는 비바람에 노도를 쳐도
시련도 고난도 멈추지 않고
보호막 희생으로 배려하느니

한 폭의 산수화 그림으로 엮어서
가을의 정취를 품어 주는 심상은
홍엽과 농익은 구슬 열매 꿰어서
사모하는 그대에게
사랑의 밀어로 파발을 보낸다

소복한 얼음의 꽃

천혜의 금수강산은
한겨레의 성(城)이 두 동강이 난 채
침묵과 긴장의 냉전시대로
북한의 꽃제비 떼들 기근을 잃고
동사한 채 낙엽처럼 뒹굴다

금단의 땅도 하늘도
두루미 떼들은 넓은 날개를 휘저으며
남북을 자유롭게 비상하고 있는데

동족 간의 소통은 불통이고
DMZ 녹슬은 철조망과 운둔의 산야는
순백의 상고대 서리꽃만 피고 지고
호국의 영령들 귀향하지 못한 채
얼음 동굴에서 호곡하며 잠을 설친다

칠십여 년, 긴긴 세월을 멈추지 못하는
암흑지대의 북녘 동포들은
동족 분단의 벽에 얼음꽃만 피고 지고
증오의 고리를 끊지 못하는데
피맺힌 이념, 철의장막 속에 갇혀
한탄강 물 따라 메아리쳐도

삶과 죽음의 언덕 위에는
살얼음판의 서리꽃만 침묵한다

참나의 세상에는 신비의 땅으로
봄바람에 사르르 눈 녹듯이
태양은 온누리를 가슴에 품고
너와 내가 하나로 가는 길인데
삼팔선의 봄은 언제 오려는가?

제4부
공허의 눈

코스모스

날갯짓하는 빨아간 입술
가냘픈 허리 긴 목으로
바람 군무에 휘파람불며
수줍은 고향 처녀처럼
첫사랑 여인 같아 좋다

무도회의 풍경처럼
속삭이는 부드러운 눈길
가을 하늘에 향기를 품고
긴 머리카락을 휘날리며
내 마음을 흔들어 댄다

연못의 맑은 물 위에 비친
그대의 아름다운 환영
천국의 거울 속에 머문다

공허의 눈

꿈처럼 잡을 수도 없고
머리도 꼬리도 없는
공허의 씨앗 눈
그러나 음향과 바람은
귀를 달고 언어로 소통하며
살아 움직이는 실체가 있다

날개도 달지 않았는데
해를 품는 달처럼 온갖
기상 현상의 눈과 귀를 달고
공기부양선으로
이변을 일으키는 신기루

우주 공간에 유형과 무형이 꽉 차 있는
영원한 생명체는
神만이 다스릴 수 있는 조화입니다

지구 칠십 프로의 해수로
생명수 만들고 온도를 조절하며
사물에 대한 리듬 감각의 촉수로
삶의 희비를 주는 용의 눈
살아 숨, 쉬는 영혼인가?

詩人은 우주와 공유하며
바람 귀를 달고 보는 시선으로
반짝이는 은하수처럼
허공은 무형에 가득 찬 상상의 숲
꿈으로 만삭이 된 보름달처럼

태양을 중심으로 공전하는
우주의 힘은 위대한 뮤즈이다
해와 달을 밀어 올리는
공허는 기적의 경지로서
가늠할 수 없는 깨달음을 유영하는
그림자를 그 공간에 그리고 싶다

공활한 빈, 여백의 파라다이스를……

원原罪죄

어머니의 황금 정원에서
황야에 씨앗이 뿌려질 때
어머니는 나의 구세주였다
세상의 문을 열고 나올 때
두 주먹을 불끈 쥐고
응애응애 하며 신이 주신
언어를 노래로 처음 불렀다

삶의 고통을 예견이나 하듯
손가락 빨며 하늘 같은
어머니의 가슴을 품었다
새싹처럼 자랄 때
아장아장 걸음마하면
가족들은 인형처럼 아끼는
웃음꽃으로 피웠다

유년 시절 엄마 치마폭에 쌓여
콩나물처럼 성장할 때
늘 어머니는 파수꾼이 되어
큰 산으로 그늘막이 되셨다

허나 어머니란 태양이 지고 나니

형광등 같은 어머님 빛 사라지고
나는 세상에서 길을 잃은 양처럼
홀딱 벗고 황야에서
혼자 서 있는 미아였다

그러나 내가 세상을 하직할 땐
어머님께 빚을 지고 가지만
가족들이 변주곡처럼 찬양하는
국화꽃 환송으로 울어 줄 테니까
나는 미소 지며 편안히 떠나리라
그럼 원죄를 가슴에 묻고 갈 테니까

자自由유
−바다처럼 살자

신의 경지를 품은 미르궁 신비
거북선 안개꽃 별들의 분수
온누리의 마술사 주문처럼
바다의 기적과 황홀함도
드러내지 않는 해저 편린들……

해와 달과 숨바꼭질 속으로
구름과 바람과 화음을 맞춰
시시각각 이벤트 행사한다
지구와 사람 70%의 혈맥 공급
사랑의 체혈 적십자 왕국

탐욕 불평 질투 편 가르기도 없다
자연 섭리 멋대로 리듬과 음율 따라
흥이 돋으면 노래하고 춤추고
그림 그리다가 피곤하면 잠든다

온 가슴을 품고 다 내어주는 바다
마음의 눈으로 듣고 향기의 귀로 보는
보헤미안의 오감으로 이미지 만들고
신화를 꿈꾸며 그래픽을 긋는다

빛의 관조

자연의 빛은 예술로 승화
풍요의 빛을 갈망하느니
투명인간 빛살무늬가
가슴의 벽을 허물고 간다

빛과 숨바꼭질 속
신생되고 사라지는 은하수
삶의 이삭을 줍고 있는
영롱한 눈빛으로
방긋 웃는 햇살의 관조
굳게 잠긴 빗장을 뚫고
창문의 큰 거울이 되는데

달빛은 얼굴을 내밀고
야광으로 환하게 웃는다
조명은 심장을 뛰게 하는
마술 같은 언어의 풍속도
그림자 안에 몸을 드러내는
무욕의 마음 등불을 켜고
심오한 우주 속에 감돈다

풍風飛비

무소유의 전령사 심장 소리
신을 품고 있는 무녀처럼
우주 공간에 꿈을 불어넣는 신귀
무형무색 씨앗의 눈동자
사색의 사유와 풍각(風角)은

실체의 눈 입 귀 머리가 없지만
천하를 움직이는 심장에도
등뼈 꼬리 뿌리 날개도 없지만
보이지 않는다고 구심점이 없으랴

공간이 있는 곳에 늘 여백 채우는
초능력을 가진 실체의 기운
세상 냄새 전도사의 심장박동은
강약의 힘과 강, 저온의 체혈로
지각변동을 일으키는 신기루

용천의 꿈, 깃털은 무성해도
몸통이 없는 실체는
상서로운 기운의 눈동자
우주의 숨통인 혼(魂)이 아닐까

하늘 그네 타기

천상에 두 개의 긴 생명줄
꿈을 매달고
바람꽃으로 날고 싶다

5월의 싱그러움처럼
내일을 향한 발돋음으로
연분홍 치마폭에
향기 바람 가득 담고
자유와 희망의 부푼 설렘
낮은 곳에 머문 이들에게
잠시 허용된 바람의 날개
아녀자들만의 특권으로
세상에 메인 삶의 무게도
남정네들의 그늘 벗어나
새처럼 나래를 치며
더 멀리 더 높은 곳 향하여

세상을 엿보며
혼탁한 삶의 둥지를 떠나
승천하는 선녀처럼
달과 별빛을 희롱하노라

이離別별

세상에 뿌리내릴 때 동행은
처음부터 정해진 것은 없다

세속의 길은 멀고 험난하지만
아프리카 속담에
'빨리 가려면 혼자 가고, 멀리 가려면 같이 가라.'
동행하면 즐겁고 유익하며
서로가 버팀목이 되지만……
우리는 동행보다는 혼자 몰래 지름길로
먼저 앞서가려고 발부둥치는 세태
삶과 죽음은 섬과 섬 사이로
우리가 산다는 것은
끝없는 이별의 연속이 아닌가?
사노라면 스쳐 간 숱한 인연의 고리들
시간과 공간 속에 매몰되어
익숙한 얼굴들이 기억 저편에서 흐느끼고 있다

이별(離別)은 아쉬움을 남기지만
새로운 만남의 설렘도 있다
유년 시절의 추억이 활동사진처럼
내, 대뇌에 파문을 일으킬 때면
지금의 내가 살아온 행적들이
얽히고설킨 실타래를 반추할 뿐이다

소중한 만남이 별자리처럼 사라질 때
가슴에 텅 빈 그리움으로 채운다
다변화되는 시선(視線) 속에
끝없이 반복되는 이별은 또한
삶의 활기와 새로운 부활도 존재할 것이다

법정 스님은 '무소유'를 주장했지만……
자신의 '이름'은 정작 지우지 못하고
사바세계로 떠났다
인간의 본성은 어찌할 수 없었던가?
그러나 준비되지 않은 이별은 더 슬프다
이별은 예고 없는 무풍지대로
마지막 세상을 하직하는 날
인간은 빈 수레처럼 허물만 남기고
허공을 돌고 돌아 원점으로 윤회한다

하늘 문門

잠시 소풍 와서 머물다 가는
세속의 끈을 놓는 날
내 영혼과 육신의 생명은

세상에 쓰레기만 남기는
노을빛 영롱한 이슬방울 넋은
구름 타고 소풍놀이를 하며

새 등불이 켜지는 아침에
아름다운 세상 미련 두지 말고
천상의 거미줄을 뚫으며

영원히 잠들지도 죽지도 않는
영생복락을 누리는 세상
하늘나라로 새처럼 날아가리라

인생이란

눈을 감으면 딴 세상이 보이고
미로 같은 인생살이는
어린아이가 첫 걸음 걸음마하듯
정확한 보폭으로 목표를 향하는지
캄캄한 절망에 도전하는
불꽃이 아니라 어둠에 도전하는 것
오늘이 영원히 끝나지 않기를 바라지만
내일은 새로운 하루가 시작되겠지

삶의 경험과 상황을 바탕으로
그날그날 용감하게 맞서는 것이
영혼의 연료이자 정신의 에너지가 된다
인생의 담금질 경험은 지혜를 터득하며
욕망이 살아 있는 것보다
본능이자 생명현상의 필수 요소지만
권력욕과 소유욕은 폐해를 낳을 수 있고
강인함은 노력과 고통의 선물뿐이다

늙은이의 머리는 눈처럼 하얗고
얼굴의 주름살은
삶의 여정이 담긴 지도와 같은 길을 간다

사랑을 위하여

가슴이 뛰고 황홀했던
사랑의 교향곡
하얀 안개꽃으로
그대 눈빛 속에 살며시 스며든다
동심의 뇌관 연막을 타고
고사리손으로 연신 손사래 젓던
애련한 순애보가 된 유년 시절

채널 속에 잠든 숱한 기억들
이 세상 모두가
누에고치 속에 숨어 버렸는가?
코끝에 부활하는 그날
두 팔을 벌려 너의 상처 보듬으며
해를 따고 별을 떠서
눈물로 만든 꽃다발 안겨 주리라

정풍은 낮은 자세로

세상의 섬과 섬 사이
나무숲 같은 소우주
물길 따라 가는 길
가다가 힘들면 쉬어 가는
작은 소(沼)*는 넘치고
큰 소는 정취를 품고
역풍은 세상을 아프게 하는가

하늘 신비 정원을 품은
여울물 속에 비친 자화상을 보라
모든 것은 순리대로
거슬러 올라가지 못하는 철칙을
순명처럼 큰 가슴으로 품고
오직 낮은 곳 낮은 자세로 가라

생명줄 가는 곳마다
삶의 풍요가 머무는 자리
넘치는 것보다 모자람은
빈, 여백을 채우리라
하늘과 바다가 공존하는
광야의 수평선 소실점에서

* 소(沼): 늪, 땅바닥이 둘러빠지고 물이 깊게 된 곳.

희망봉

고진감래의 숲, 인생의 길처럼
한, 발자국 한 발자국을 남기며
참선하는 세속의 앞만 보면서
하늘 정상을 향하면
산과 산이 서로 어우러져
아름다운 풍광은 동맥을 이루고

천, 길의 낭떠러지 위에서
좀 더 높은 곳을 향하면
심장을 멈출 듯
삶은 질곡의 한계를 느끼지만
산은 정복하는 것이 아니라
우리들의 일상처럼 조심조심
겸허하게 묵묵히 길을 걷는다면

산은 땀을 흘린 만큼만 길을 내준다
교만한 자에겐 언제나 추락하지만
삶의 바다에서 허기졌던 심연은
마음의 눈, 높이에 느끼고 즐기며
겸손한 자세와 철저한 준비만 하면
언제나 길을 내어주고 품어준다

하늘이 꿈을 내어준 정상에 서면
산은 제 형상에다 부딪치고
세상을 모두 포용하며 공감하는
희망의 몽환 속에
비 온 다음 날엔 세상이 화려한
청량한 눈빛으로 우리를 본다

삶의 여정

긴, 여로의 세월에 깊은 상념에 잠긴다
삶의 오르막길 있으면, 내리막길도
희비가 엇갈리는 교통로
초심은 간데없고 아옹다옹
삶의 절망과 희비
고통의 연속이 질곡에 있더라도
살다 보면 잠간인 것을
사랑과 번민으로 가득 찬 회한
뜨거운 가슴에 남아 있는
지난날 즐겁고 기뻐했던
그리고 행복했던 추억들……

마음을 향해 가는 열쇠 같은 길
미로의 터널, 삶의 굴곡이 있어
뒤를 돌아보면 그 순간의 시간들
모두가 그리움뿐인데……
욕심과 아쉬움도 스스로 가두어
심신을 비우는 새날,
소망이 있기에 추억의 꿈을 먹고
미래의 설계가 있는 여정 속으로

미련의 나래

초조한 가로등 눈동자
기다림 속에
심령이 떨고 있다

이젠, 잊어야 할
설레임의 발자국 소리
황혼의 소나타처럼
붉게 피어오를
미련도 사그라지고 마는
그리움처럼……

마술놀이도 광대놀이도
세월이 정지된
신호등처럼 텅 비었다

눈꽃 세상

하얀 백설탕 구름 위를 걷는다
백마를 탄, 님은
바람귀가 많은 시선을 치다
홀랑 뒤집는 은빛 세상으로
등 뒤에 스민 그리움과
나그네 서성거리는 긴 목을
빈, 수레처럼 기다림은 사랑인가
하얀 마법은 순백의 조각품으로
겨울은 유리로 관조를 품는가?

세상은 하얀 설화 속으로
마음은 정화되고 순결해지는 것
한발 입김을 불면 세상은 맑아진다
심장이 얼어붙은 개울은 재잘거리고
가쁜 호흡에 성장하는 꿈은
눈꽃의 무게 따라 속도 따라
순백의 마음을 가득 채운다
변화 속을 파헤쳐 가는
안개 속 갇힌 비경은 숙연해진다

춘春夢몽

꽃비 바람에 하품을 한다
나른한 몸 기지개를 펴면
허기진 춘궁기에 비틀거린다

꽃, 나비는 품속에서 헤매나

너도 가고, 나도 가는 세월
눈에 초점을 읽고 가물가물한
사랑의 옛이야기들처럼

옥황상제 비단 꿈속으로
순정과 순리는 자연현상
강물처럼 흐르고 흘러가고 있다

수앙감의 미소

세상풍상 다, 이고 가는 사계
시간과 공간 동면의 길목에서
앙상블의 황홀함은 어찌할꼬

미리내의 구름바다 위에
훈장처럼 알알이 가슴에 품고
붉게 피어오르는 수양버들

여름 햇살 태워서 불어넣고
여신의 홍등 가슴으로 유혹하는
사랑의 결정체 영혼이여!

사다리 변주곡마다 꿈을 엮고
천상에서 그네를 타는 너,
허기진 설한(雪寒)에 새들의 성찬
무릉도원에 보시 잔치를 벌렸네

수양감의 미소

세상풍상 다, 이고 가는 사계
시간과 공간 동면의 길목에서
앙상블의 황홀함은 어찌할꼬

미리내의 구름바다 위에
훈장처럼 알알이 가슴에 품고
붉게 피어오르는 수양버들

여름 햇살 태워서 불어넣고
여신의 홍등 가슴으로 유혹하는
사랑의 결정체 영혼이여!

사다리 변주곡마다 꿈을 엮고
천상에서 그네를 타는 너,
허기진 설한(雪寒)에 새들의 성찬
무릉도원에 보시 잔치를 벌렸네

* 수양감은 극만생종 홍시감으로 11월에 열매가 성숙되는데 껍질이 두툼하여 얼지 않아 초겨울까지 황홀하고 아름다운 붉은 홍시의 열매를 감상할 수 있다.

나 하나의 사랑

눈빛 한번에
얼음이 녹고 성이 차고
내 인생의 반쪽이
바로 당신
불꽃 튀는 영롱한 눈
내 마음을 갖게 하고
나는 당신의 울타리 보호막이다
그대가 부른다면
썩은 동아줄이라도 잡고 싶다

그대만 볼 수 있다면
유성처럼 날며 진실은 자신의
마음속에 있다는 것을
내면의 상처까지
잿빛으로 남고 싶다
아픔마저 달콤한
나 하나의 참 소중한 당신
그 순결한 감초의 사랑이
붉은 석류알처럼 터지듯……!

사랑하는 그대여

해, 묵은 늦가을 꼬리 내리는
고요 속에서
내 심장을 두드리는 듯
주룩주룩 하염없이 흘리는
눈물처럼 꽃비가 내린다

내 가슴에 품을
당신의 봉긋한 젖가슴 속에
파고드는 사랑의 하모니

반짝이는 별빛처럼
빛나는 당신의 눈동자
그리워 그리워서
빗물 속에
동그라미 그래픽을 긋는다

오~ 사랑하는 그대여!
오소서 내 곁으로
세상 풍상 함께 구가하는
영원한 동행자 당신

내일의 하늘 문이 열리면
태양이 떠오르듯
기쁨과 환희로 가득 찬 찰나 세상
우리 함께 함박웃음 꽃피우리라

당신과 함께 가는 길

을미년 청양의 새해 첫날에
한 해가 기억 저편에 사라졌던
마지막 판도라 상자 속에서
첫눈이 내리는 광야에 씨앗을 뿌리며
당신과 나는 장편소설 이야기 속으로
한 줄기 동화 되어 길을 가고 있는가?

당신과 나는
두 개의 심장, 하나의 영혼으로
눈, 높이에 따라가는 동행은
당신의 영혼을 보듬어 주고
내 영혼을 잠들게 해 주소서

당신과 나, 사이에는
믿음과 신뢰의 바탕으로 이루어진 사랑
영원히 변치 않는
큰 산의 버팀목이 되어 줄 수 있는
에로스의 사랑이 아닐까?

당신을 그림으로 그려보며
눈, 사람으로 만들어 보고 싶다
사랑한다고, 보고 싶다는 말들
그대 가슴속에 영원히 머무는
달맞이꽃으로 남고 싶다

우체통

빨강 산타의 옷을 입은 그대
앵두 같은 스마일 입술
일렁이듯 가슴속 파고드는
그대의 좌판 안에
부끄부끄 켜켜이 일상의 반추

삶의 피안, 소통의 다리
황금 알을 품고 있다가
희비가 엇갈리는 교통로
나그네 기다림의 미학
사랑과 평화의 판도라 전도사

무즈(muse)처럼 천마를 탄다

한 송이 꽃의 숨결로

별이 흐르는 강
삶의 옹이를 가슴에 품고
자궁 안에 꽃구름 피우기 위해
빙벽의 시린 빗장을 뚫고
그리움의 노을 씨앗 머금은 채
무념무상한 나날 속에
숨 가쁜 침묵을 허물고
내밀한 곳 속살 찌르며
얼마나 갈증을 견뎠을까

상흔이 피접한 아픔마저 달콤한
순결한 사랑 노래를 부르며
홍조 띤 얼굴을 내민다
천리향은 빛처럼 퍼지리라
형광등 밤하늘 섬광으로
환상과 감탄의 고리 불꽃되어
달빛으로 맑게 채우리라
환한 함박웃음 꽃이 되어
온누리에 사랑 평화를 심으리라

하현 달빛 요정

별자리 정수리에 머문 자리
비단강(緋緞江)*의 발원지는
하늘 정원을 등에 이고
푸르름의 향수를 벗 삼아
가슴 모으는 옹달샘

하현 달빛 그림자 휘어 감고
가냘프게 뿜어내는 생명수
세상에서 가장 낮은 자세로
내 안에 품은
숱한 욕정들 내려놓고

하늘을 우러러
한 점 부끄럼 없는 영혼은
옥구슬처럼 사르르 정화하는
비움으로 창파에 몸을 던져
삶, 굴곡에 짐을 뿌리내리는

긴 여운을 정점에 맥을 심는다

* 비단강: 금강(錦江)을 말함.

수로 같은 인생사

그대가 스쳐 가는 길목에
오래 머물러 있으면 혼탁해지고
머물고 싶어도 밀쳐 오는 해후
낙차에 의해 질곡은 깊고
서로의 상흔만 커지는데

머물수록 가슴은 풍만해
물, 폭탄이 되어
세상풍파 일으키는가?
파노라마처럼 유유히 흐르면
굽이치는 그리움만 쌓이고
흘러야만 피아노 건반 치듯
심장 소리 풍유가 꼬리친다

멀리멀리 떠나갈수록
인연의 고리는 꼬리를 물고
숨소리 가쁘지 않게 조화 이루며
가장 낮은 자세로 굽이치는
긴, 긴 여로를 통해
청풍 하늘을 품는
큰 가슴 바다로 산다

보릿고개를 넘으며

봄볕의 따사한 온기로 푸른 파도가
황금빛 누런 파도처럼 학춤을 출 때
악동들은
'바위고개'의 노래 부르며
하학하는 길섶에 모여앉아
춘궁기 허기진 배를 채우려고
설익은 풋보리 목을 잘라
모닥불에 구워서
양 손바닥에 넣고 싹싹 비벼 대면
말랑말랑한 알갱이를
입으로 후후 불어서 먹는 그 맛
정말 고소한 꿀맛이다

입가엔 굴뚝에서 나온 고양이가 되면
보리깜부기를 뽑아
서로의 얼굴에 덧칠을 하며
까르르 웃어 대는 천진난만한 화심
천사가 따로 없는 동심은
보릿대를 뽑아 피리를 불며
소년들은 환한 함박웃음 꽃을 피웠다

수박

청산에 개구리 옷을 입은
달덩이 같은 너
뙤약볕에 농익은 영혼
두터운 커튼 속에
밀어를 간직한 채
수련처럼 태동한
붉은 정열의 꽃송이

삼복더위 기로에선 정자나무
그림자 속 평상의 정다운 이웃들
옹기종기 둘러앉아 도란도란
너의 배를 조각조각 갈라
빛 고운 빨간 불덩이가
쟁반 위에 가득 꽃으로 피어나면

너도 나도 군침 입안에서 돌면
팍팍한 삶의 목마름을 채워 주는
포도당 혈맥을 채우는가
감로수처럼 상큼한 향기
꿀떡처럼 사르르 녹는 맛
이열치열 환희를 꿈꾸나

송松花화

새봄의 그윽한 술향기 바다
바늘처럼 삐죽삐죽한
날카로운 잎 사이로
여린 손가락을 편 요술방망이들
하늘을 향해 메시지를……

긴 세월 어미의 자궁에 잉태한
사랑의 씨앗!
소소한 바람에도 기지개를 펴고
나그네 가는 길, 구름 따라
솜털처럼 비상하며
누런 황금비로 떠도는 영혼들
아침 햇살도 그저 미소만 지을 뿐
작은 눈, 곱디고운 심성을 담은
너를 건드리지 못하는가 보다

소리 없이 꽃 봉우리 터지듯
삼라만상에 핵, 우산처럼
사랑의 씨앗 종묘를 심는 너,
가슴에 뻐꾸기 알을 품었는가?

단풍

가야 할 때가 언제인가?

무욕의 터널 속으로
아름다운 뒷모습 가는 길
주홍빛 불타는 욕망도
맑은 서리에 단풍이 취하고
불꽃은 일순간에
시퍼렇게 멍든 깃털들이
허망한 그림자로
사랑의 꽃이 지고 있나

벌거벗은 나신의 춤사위로
고개 숙인 단풍잎 하나
상처를 덮는
인연의 한 가닥 실에
목을 맨 영혼의 슬픈 눈
유영(遊泳)하는
마음속에 초심으로 돌아가
빨갛게 열광하련다

산 그림자

사위가 하얀 안개바람이 휘날릴 때
상고대 꽃이 핀 비목의 나이테
푸른 날개 치마를 걷어치우고
산 그림자는 망루에 서서
풍진세상 고뇌와 번민의 참선인가
솟대처럼 하늘 향해 소원을 비는가?

눈 비바람 휘몰아쳐도 꿋꿋하고
고고하게 자리를 지켜온 파수꾼
어머님 속살 드러낸 겨드랑 사이에
하얀 마음의 무게를 내려놓으며
손짓으로 혀끝에 짜릿한 울림
저마다 품은 풍광들 화답하는가?

못다 핀 세월의 깊이 저울질할 수 없는
산고를 품은 미풍은 인고의 고목(枯木)
삶과 죽음의 두 얼굴을 가지고
우리네 고달픈 인생사처럼
고독과 사랑이 머무는 곳에
무소유의 속 깊은 묵향을 품고 있다

징검다리 섬

청정의 넓은 수상 세파
외연도 원산도 장고도의 모태로 한
연꽃 포자를 뿌려 놓은 듯한 수반
옹기종기 어우러져 군도를 만들고
사색의 자유로움 속에
인간의 솜씨로는 흉내도 낼 수 없는
바람과 세월이 조각한 비경 속에
넓은 바다를 품고 있는 온정
말똥물 폭탄버섯 뛰는 야생 염소 떼들
숨 가쁘게 살던 인생의 해후가
파도의 포말처럼 가슴을 친다

정념의 빛이
눈빛에 알알이 품고 있는 밀알처럼
섬들은 주술 주문을 열고
무소유의 비우는 법을 배우며
빛바랜 시작을 내려놓고
내일을 꿈꾸며 초록빛 산 너머
벌건 해가 바다 밑으로 떨어지면
환시가 아닌가 하고
해맞이 아침 창의 여운을 긋는다

소통하는 길

인간사 급히 만나고
갑자기 헤어지는 세태
함께 나누는
산수의 풍광 속에 물들면
돌처럼 굳어진 마음도
우뚝 선 산 봉오리들이
서로의 경계를 허물고
마음을 털어 놓는 동행 길

보폭에 맞춰 충실히 살아온 인생
산허리를 바라보는 것은
미래를 바라본다는 것
구름과 바람이 앞을 막고
운무가 정상마저 탐낸다
한 발 내디디면……
그만큼만 길을 내어주는데
눈꽃은 매혹적인 영혼을 담고
노을이 내려앉으면
황금빛은 호반에 생동감으로
반짝이는 별빛으로 춤춘다

회悔後후

고운 꿈 먹고사는 나그네

삶의 진기 송진은
청춘을 이미 다 불살라
꽃은 시들어 가고
새순이 돋지 못하니

수수깡처럼 뼈 속은 골다공증
깡마른 삭정이로 남아
버팀목도 없는
지는 해 잡지 못하고

활동사진만 구가하며
흩어진 지난 발자국을 불러
학춤을 추는
회한의 빈 수레만 타고 가는가?

하늘의 샹그릴라

우주의 허공에 파스텔 점, 하나 번진다
사랑하는 여인의 유방곡선처럼 자리 잡고 있는
너를 공허 속에 그네로 공을 띄우고
나의 따뜻한 입김과 부드러운 눈길로 유혹하면
물망초처럼 못 잊어 넋으로 울고 있는 초승달 끌어안고
달빛 속에 너의 그림자를 걸어 놓는다

그대의 굳게 닫친 마음의 깊은 곳의 심지에
따사로운 순정의 꽃바람으로 심장을 열어 주고
당신의 속삭임에 귀를 기울여 보리라
호면에 신음 소리 토하는 단풍잎에 취하고
억새꽃에 숨는 달빛 같은 당신 화상을 그려 본다

그대의 눈빛 속으로 스며드는 레이저 빛 마주하는
사랑의 교향곡은 가슴이 뛰고 황홀했다
그리움이 청포도알처럼 가슴속에 알알이 품는다
우리 다시 태어나도 언제나 활력이 넘치고 꿈을 주듯
그리워 다시 만나고 싶은 상록수 같은 긴 이야기처럼
푸른 하늘에 명경지수가 흐른다

제6부

금강은 가슴으로 흐른다

시視線선

착각에 비틀거리는 선입견과 편견
눈을 멀게 하여 상처를 주고
마음 안에 지옥을 만드는 것
눈의 형광등에 비치는 것만이
세상의 전부가 아니다
자신이 선 위치, 빛, 색채, 각도에 따라
사물이 보이는 시각이 달라 보여
때로는 마음을 마비시키지만……

마음의 심장 안에 긍정적인 사고와
감정의 합리화, 조화로운 소통의 길
고정관념의 틀을 벗어나
볼록렌즈와 오목렌즈에 비친 자화상
변화무쌍하고 신비스럽도록
세상을 보는 장님의 착시현상을

귀로 보고, 눈으로 음미하며
코로 사색하고 입으로 찰나 세상 보는
공감의 느낌과 영혼의 눈은
허공 속에 씨눈을 뿌리는
마음 안에 악마를 남기지 말아야

금강은 가슴으로 흐른다

충청인 영혼의 발원 물줄기
노을빛 스미는 가을의 풍광
황금빛 들녘에 쏟아지는 햇살
꿈을 이루지 못할 머문 자리에
부평초 같은 인생살이

늘 가슴 한켠에 묻어 두고 있던
기억의 실타래를 푸는 고향
긴 기다림의 시간 속에 살진 금강
가창오리 떼들이 하구에 둥지를 튼다
힘찬 비상 끝에 고향에 두고 온 정

강가에 마음을 걸어 놓는다
강은 산을 품고 산은 강을 품으며
가진 것은 없어도 다 내놓는 사람들
고향은 내가 성장하고 정취를 담은 곳
비단 물결이 파노라마처럼 흐른다

백제의 花神

만국 해상 교류의 교도부 백마강
찬란했던 혼불의 유적지
삼충신 성충 흥수 계백의 충절로
나당연합군과 사생결단으로
흥망성쇠가 저물었던 전장
부소산성 낙화암에 꽃신 남기고
피다만 삼천 송이 꽃 강물로 낙화
지금도 핏빛의 원혼이 흐르는데……
찬란했던 백제의 심장 머문 곳
비운의 서곡 의자왕을 성불하는
고란사 종소리 산유화를 부르는가?

천년고찰 약수터에 고란초 띄워서
가신 꽃님들의 명복을 빌까
세월은 변해도 역사는 남고
마르지 않는 강물을 가슴에 담으며
살아 숨 쉬는 충절의 고장 부여
바람처럼 구름처럼 뜻있는 곳에
오늘을 살아가는 우리에게 햇살 같은
내일의 희망 끈으로 숨결이 흐르리라

가을 서곡이 흐른다

저 실비단 하늘을 등에 이고
온 산야에는 카멜레온이 뜀박질하는
광란의 불꽃은 나그네 그리움처럼
뭉게구름이 피어오르고

호면(湖面)에 가쁜
숨을 몰아쉬는 희미한 달빛에
만감이 교차되어 흐느끼며 울어 대는
가을의 귀뚜라미 서곡의 노스탤지어여

삭풍이 머리카락 휘날리듯
나뭇가지를 서로 목 비벼서
옷을 벗은 단풍잎 하나
신음 소리 토하며 목을 떨구면서
생존의 뉘우침을 유서로 보내는가?
파라다이스에서 만나자고

가을의 여신

바다와 하늘이 온통 황금빛에 함께하며
천상을 갈구하는 풍요를
사람의 마음에 담는다
방방곡곡 이색적인 축제 무대
구름관중은 자연에 깊은 인연을 맺어
화선지에 채색되는
오감 만족의 신비로움이여!
만년 햇살을 품은 오색 수채화
시야를 고정관념 틀을 벗고
자연을 아름답게 뒤집어 보라

새색시처럼 수줍게 색동저고리를 입고
나비처럼 춤을 추는가 하면
성숙한 여인의 내면은
불꽃 튀는 생리현상 속에
만추에 별을 가슴에 담는
바람은 무지개 편지를 안고
풍선 날개를 펴고 난다
사랑이 머무는 곳을 향하여!

가을 깃털의 윤회

오뉴월 햇살을 태우며
천하 승승장구하던 요정의 숲들
가을엔 패망한 베트남의 훈장처럼
낙엽은 누워서 하늘 보며 시를 엮는다
세상의 모든 근심 걱정 발자국 소리로
바스락거리는 소멸의 노래 부른다

세상 옹이 하나 남기고 젖꼭지를 떨구며
처마 끝에 풍경 소리 잡아 목에 걸어 둔다
삭풍의 반라(半裸)에 지친 몸들
목, 떨구던 빈자리 햇살이 마실 온다
슬픔과 기억들 잠재우려는가?
호수 빛에 물든 파란 하늘
가을의 깃털 한 장을 이고
심령은 잠꼬대만 하는가?
그렇다고 눈물짓지도 목말라 하지 아니하며
윤회하는 영혼의 깃털로 산다
낙엽 뒹구는 공원 벤치에 앉아
지난 허허로운 길을 뒤돌아보며
미래의 꿈과 향수를 품고 머문다

옛 강 나루터

고요가 잠든 별빛 무늬만 받아
꿈이 피어오르는 강변에
깜박이는 반딧불이가
선구자처럼 외롭지 아니하다
무지개가 서는 옹달샘처럼
퍼내어도 마르지 않는
호반에는 요정이 있다
한 줄기 빛과 생명의 숨소리
북처럼 둥둥대는 심장 고동 소리에
마음이 자꾸 깊은 수렁 속에
나그네 길손을 멈추게 했던
옛 그 님이 맴돌고 있다

우리가 가지고 있는 모든 것들
이승에서 잠시 빌린 것뿐인 걸
모두 돌려주고 가야 하는데
삶의 노예가 되어 번민한다
풍차에 구름을 가득 싣고
유리궁전 속으로
봉황새를 몰고 가려는가?

영혼이 산란하는 바다의 城

바다는 영원한 안식처, 어머님 품처럼 포근한 파노라마
홍화 빛 둥근 햇살이 바다와 교접을 하면
생명의 빛은 황홀경에 치유된 심장을 영혼에 담그듯
신기루 같은 그리움이 퍼즐처럼 교차할 땐
태양처럼 관조를 품는 희망과 감동이 율동을 한다

때로는 바람의 마법으로 험상궂게 돌변, 성토도 하지만
파도와 바람이 빚어 놓고 울림을 주는 신화다
고요한 생명의 빛이 산란할 땐 가슴이 뛰는 설렘은
기다림, 미학으로 서두르지 않고 안식과 평화를 준다
바다는 피아노 건반 위에 악장을 품은 희망의 변주곡으로
가인의 백합 드레스에 가슴 울렁이고 사랑에 도취되듯
등대는 망망대해 항로 표류 선박의 지킴이로 꿈을 주며
바다는 자원의 보고로 모든 생명체에 풍요를 주지만……
수고한 만큼만 그 대가를 주는 순리를 가르쳐 준다

바다는 기다림이요, 그리움 빛이 물보라 연무를 품으면
아련한 수평선에 뱃고동 소리에 맞춰 물새들이 노닐 때
그대, 연가는 극치의 앙상블은 번뇌를 날려 보내리라
바다는 결코 성냄도, 교만도 미워하지 않는 순수함으로
세상에 지친 영혼을 감싸 주고 위로하며 변화할 뿐이다

첫사랑

하얀 솜사탕의 촉감처럼
부드럽고 아련한 구름바다
예전에 미처 몰랐던
내 안에 자리 잡은 동공
가깝고도 먼 성좌(星座)

석류알처럼 붉은 루비
알알이 품은 영혼의 넋
그림자처럼 영롱하게
가슴에 파문을 이는 님!

춘몽처럼 허허실실
벼랑에 부딪히고 깨지는 파도
빈궁(貧窮) 속에 머무는 꽃
엇갈린 기다림의 상사화
늦가을 빛에 이슬처럼 녹는다

달밤

해와 달이
마실 왔다가는 창가

기다림은
때 묻지 않은 안구(眼球)에
별빛이 굴러떨어지면

여인의 어깨 위에
휘날리는 머리카락은
호수에 파문을 일으키고

마음의 중심에
별의 눈물이 고여 있다

난파의 다도多島

에메랄드 초록빛 바다에 연꽃처럼 핀 섬
등 위에 배꼽처럼 붙어 있는 오두막집
꼬부랑 할멈처럼 안쓰럽다
섬, 절벽에 우뚝 솟은 기암괴석 앞
크고 작은 파도 떼가
하얀 이빨을 드러내고 깔깔거린다

섬은 바람과 파도의 나라다
마른 풀잎은 바람에 흐느끼듯
머리를 풀어 파도처럼 출렁이고
황량함과 고독을 엮는다

섬 끝, 하얀 등대의 가슴에 핀 불꽃처럼
하늘의 저녁노을을 물끄러미 바라본다
저 멀리 고기잡이 통통배의 만선은
갈매기 떼들의 호위를 받으며 귀로 시
언젠가 꼭, 돌아가 살겠다고 약속했던
누군가의 그 님이 그리워서일까?

가을 동화 정령들

여보시게 당신은 누구신가요
그림자처럼 희미해지는
그 어느 순간 빈손에 허전해 하고
나약한 영혼 어딘가에 기대고파

볼품없는 그대들 품안에 눕고자 이곳에
편안히 누워 보니 활짝 웃음이
나그네 지나가는 외로움 노스탤지어는
내 모습의 자화상처럼
조그만 희망의 깃발 가슴 담아

노을처럼 익어 가는 산천에서
나는 보았다는 순간에 저 멀리에
향기 가득 취해 아찔한 울림의 심금
말하려니 말을 잇지 못하고
귀가 있어도 듣지 못하는
뜨거운 심장만 타오르는구나

바람이 다가와 변덕스러운 마음
상처 속에 무지개처럼 멀어지는
그 어느 날 아름다운 노래 부르리라
숲에서 속삭이는 나무들 손뼉을 치고

숨어서 핀 동화 속의 꽃님들처럼
비단치마 무겁지도 않고
공작새 고운 깃 아름다움 휘감은 채
별들이 속삭이는 먼 고향 하늘

천리향을 가득 실어오면
바람의 반주에 덩실덩실
저 산 너머 뻐꾹새도 뻐꾹뻐꾹

장곡사의 풍경 소리

칠갑산 굽이굽이
산허리 자락 병풍 속에 감기고
하늘의 별빛만 초롱초롱
사방은 천혜의 숲 속에 묻혀
속세의 연결고리마저 끊고
대자연의 품에 숨 쉬고 있다

냇가의 고요함의 물 흐르는 소리
스님의 불경 소리와 합장하듯
허탈한 속세의 인연의 고리
끊은 지 오래련만……

소리 없이 내리는 하얀 소복 여인은
인적을 끊어 놓고
청량한 인경 소리 바람에 춤을 추며
보름달은 처마 끝에 걸리고

촛불도 향불도
홀로 서서 깊은 밤, 자기 몸을 태우고
중생들의 번뇌를 씻고자
지나가는 바람에 떨고 있는데
목탁 소리 산울림은 이 산 저 산
서로 대화를 나누고

스님은 내일의 목마름을
가슴 안으로 다스리려고
염주 알, 한 알, 한 알을 묵상하며
염불에 몰두하는 그 모습에서
마음을 비우려는 것을 보았노라

대청호반의 서정

봉황이 날으는 청풍명월의 고장
깊고 넓은 어머님 품처럼
꿈을 주는 대전시민의 젖무덤
안개비가 마음의 밧줄을 끌어
신선을 유혹하는 달빛 교교하여
호반의 새벽을 깨는 물새들
고향 생각에 발길 멈추게 하는 곳

한 폭의 화폭에 수를 놓는다
기암괴석 사이로 물안개가 떠오르며
사시사철 변하는 천혜의 거울
운무에 갇힌 속살을 드러내면
홍화의 태양은 무용의 빛으로
물보라 스치는 구름 세상 잣대를 흔든다

푸른 하늘빛을 빚고 물구나무를 서면
일순간 가슴이 뻥 뚫리는 것만 같은
안개 속에 여운을 긋고
낙엽처럼 영역을 덮고 뿌리내리는
호반의 올래길을 거닐며
자연과 자아를 함께 공존할 때면
자연의 거울인 물은 자신을 바라보는 것
구름도 잠시 쉬어 가는 호수에 낙조가 숨는다

귀로가 머무는 곳

마법으로 변하는
삶의 무게가
붉은 생리로 꽃피운다
만추에 시린 비늘
바스락바스락 속삭이듯
상처를 치유하려고
붉다 못해 피멍울 쏟는다

이승의 멍에를 벗으려나
만삭이 된 가을
누군가의 가슴에
꽃무늬의 체취로
유서 한 장 남기려는데

꼬리가 잘린 햇살
가을빛을 흔든다
바람 알의 삭풍에 다,
타 버린 빈궁의 영혼이여
낙조가 서럽도록 흐느끼며
어미의 자궁 속으로
춘몽을 꿈꾸려나

꽃밭에서

세상 밝히는 오방색 횃불처럼
단아하게 미소 짓는 엷은 입술
꿀벌들이 잉잉대며 키스하면
나비는 부채질하며 웃고 있다

그렁그렁 파리한 저승사자
어망을 치고 대어 기다리는데
봄 처녀 농익는 능금처럼
젖가슴 부풀어 봉긋하여
열병을 알고 있는 꽃 입술에
벌 떼들이 화살을 쏘다
좁은 영토 안에서
사랑의 덫 교통사고를 낸다

어둠을 삼키는 어망에 걸린
벌 나비들의 감춰진 그 미소
페가수스이던가?

나무의 실루엣

작열하는 오뉴월 위대한 나무숲은
땡볕에서 그림자 그늘을 지울 때
출렁이는 잎의 치마폭 사이로
해의 화살로 뚫고 까르르 웃고 있다
푸른 싱그러움이 코끝에 찡하는 요정
그들의 심장 박동 소리가 뛴다
열정과 인내하는 모습 속에
한 줄기 등 위에 바람이라도 불면
나무는 건재하다고 손짓을 한다

살아남기 위해 안간힘을 써서
땅속 깊이 문어발의 심지를 박고
비바람이 불어도 안주하려고
한 뼘의 햇살과 한 모금의 물줄기를
얻기 위해서 나무는 온갖 몸짓으로
생명이 살아 있다는 표증을 한다
삶의 가치관은 편향된 모습보다
아름다움과 슬기로움이 수반된
신비를 가슴에 꽃으로 심어 주리라

바위 손, 미역

기적 소리처럼 화음 맞춰 파도가
책장을 넘기듯 그래프를 그려 오면
바위에 꽁지 튼 부평초는
귓전에 방아를 찧고
나폴나폴 벙어리 수하를 하며
숨바꼭질로 몽환에 머문다

님, 떠나가는 그 항로는
속살을 다, 벗어 주고 나면
풀어 헤친 긴 머리는
바위 위에 댕기머리를 올리고
모래톱 사이에 설킨
애절한 사모곡은
가슴에 연못을 만드는데

저 멀리 파수꾼 등대는
무지갯빛 희망을 산란한다
수평선에 숨겨진 가면극 무대
탐욕만 읊조리는 인간사처럼
우주 공간의 사유에
혈맥이 별똥별처럼 흐른다

제7부

홍엽은 신들린 무녀처럼

알카자 쇼의 환상

세계 3대 쇼, 중의 하나인
태국을 대표하는 알카자 쇼
미녀보다 더 양귀비 같은
트랜스젠더 무용수들의 천국

다재 다양한 노래와 춤은
나비처럼 환상적이고
무지갯빛보다 휘황찬란한
열대아 녹이는 밤 무희 속에
숨, 막히는 클라이맥스

천국과 지옥을 넘나드는
영혼이 일치된 마법 춤사위
몽환 속에 깊이 잠들다

홍엽은 신들린 무녀처럼

창가에 비단 실바람 손가락 사이로
지붕 위를 흔들며 수놓고 간
고갈된 홍엽(紅葉)의 몸짓
자라목을 내밀고 사위를 둘러보고
물안개처럼 사방으로 분사한다

지난 햇살이 향기, 가득 품은
산고의 감내 잊었던가?
소리 없는 진통을 삼킨다
이른 아침 햇살처럼 반겨 줄
수채화의 꽃잎 밑그림 그리며
꿈처럼 머물다 가는 자화상
찬 서리, 잔설이 뿌려질 때

심장의 박동을 멈추고
지난날 행복했던 미련까지 버리고
붉은 무의의 몸짓으로……

김삿갓처럼 방랑하는가?
양심을 쓰레기처럼 버리고 가는 세상
허나, 너는 혼자가 아니다
비단 이부자리를 켜켜이 펴고
향기를 귀로 듣는 꿈이 있기에
생명의 박동은 진동한다

오방색풍

청풍명월 풍경 속에서
그림을 찾는 수수께끼
마음의 불꽃도 튀고
카멜레온 널뛰고 있다

꽃피고 열매 맺게
피골이 상접한 나래들
거름이 되어
풍요는 춤추고

삭풍은 구름다리 놓아
청산은 늘, 푸르름으로
뭉게구름이 피어오르는데
춘몽은 언제 오려는가?

첫눈 내리는 날

그대를 맞이하려고 암호를 풀 듯
바람의 옷자락을 붙잡고
초연한 마음의 강줄기에
기다림을 웃자라지 않게
상처 난 가지만을 친다
적막강산의 어둠 끝자락 진폭된
그대, 여운의 발자국 소리
자박자박 소리 없는 눈물인가

허공, 방황하는 고무풍선에 조각된
푸른 꿈의 퍼즐로 서성이다가
화살촉 빛을 맞은 피돌기의 아픔
고압전류 감전된 미아가 되어 버렸다

차마 부르지 못할 백의천사에게
쪽빛 가슴을 열어 주고픈 맥박은
바람의 실루엣 그림자일 뿐
옹이 된 가슴을 품은 당신의 덫
무너지는 마음은 노을로 사라지나
순백의 평화 메시지를 못다 부른
님의 노래로 천상에 날려 보내고 싶다

하얀 눈이 내린다

목화송이 눈꽃이 핀다
사분이 내리는 은빛 스티커로
누더기 옷, 더러운 곳 지우며
차별 없는 세상을 만든다
그리움을 안고
냉혈의 가슴 아름다운
사연의 강을 수놓는다

오고 가는 님을 따라
발자국 찍은 곳마다
해도 달도 살짝 묻는다
바람아 불어라
하늘이여 내려앉으라
외계의 낙원인
금빛 물결에 눈시울이 어린다

신이 내린 심오한 설경 속에
사각사각 속삭이는 자연의 소리
동장군은 망부석이 되리라

설원의 축복

세상은 설화의 침묵 속에
함박눈이 한들거리며 춤을 춘다
설원이 베푼 너그러움
낙원의 꽃밭을 만들고
넉넉한 마음은 한가롭다

어머니의 고즈넉한
숨소리가 고여 있는
고향의 뒤안길 교차점에서
잠시 걸음을 멈추고
시인은 속삭인다

전라의 설원에 눈을 던지며
자신의 참, 얼굴을 보라
경쟁과 반목 위 소복이 쌓인 눈
침묵 속에 갇혀
자신의 내면을 돌아보는
참회의 길손으로

저기 산 아래는 가쁜 숨을 머금고
잠시 멈춘 듯 고요하다
나도 너도 눈 때문에 발목 잡혀
설원의 침묵 속에
이불을 덮는 하얀 세상을 본다

설화 핀 하늘공원

상고대에 맨몸으로 버텨 오는
산속에 유배된 세상
산장은 속세에 빼앗긴 산수화
눈으로 모든 것을 묻어 버렸다
설렌 빛과 자연이 허락하지 않는
하늘공원에서 마음을 접는다
세속처럼 점점 빛을 잃어가고
한순간에 흑백 세상을 만든다
다가설 수 없는
세상의 저편으로 숨어 있다
설화가 핀 산장에서
아름다움은 마음을 움직인다
여기저기 조각의 피사체는
내면의 정령을 품고 있다
나무가 참아, 떨구지 못한
생명의 줄기 마지막 잎은 애잔했다
연우처럼 세속의 때를 벗기려고
한겨울 바람에 맞서는
지혜를 품고 있는 고해인가

한파寒波의 터널

창가엔 하얀 눈꽃이 핀다
순
명
을
기다리는
눈보라가 요설하는
하얀 송홧가루처럼
동태가 된
가난한 사람들 가슴마다
풍전등화의 가랑잎
살아갈수록
세상은 춥고
메말라 서 있는 나신의
어깨가 굽어지고
발붙이고 사는 땅거미가
고독한 황새처럼
자유인으로
웅비의 꿈을 꾸고
달빛 속 정점에 머문다

판도라 속의 꽃 거울

하얀 집의 처마 끝에 대롱대롱
노인의 수염들이 고뇌한다
큰물 따라 흐르는 교차로
달빛의 숨소리가 가만가만
님, 등 뒤에 다가오는 떨림으로
갈대밭 깃발 서걱거리는데

이별한 연인의 자장가처럼
마음의 문이 머무는 고향산천
어깨동무의 환한 미소처럼
곱디, 고은 수정 꽃 속에
빙하 속 뒹구는 물, 소곤거리고
겨울의 새는 둥지를 틀지 않는데
거울 속 판도라 상자
동면의 물고기가 휴식 나온 냇가
새들이 자맥질로 낚아챈다

설원을 가르는 산타처럼 눈썰매 타고
강변 빙판, 활주로에서 비상하는 스케이팅!
천진난만한 동심의 웃음꽃
구름 위를 날고 있는 새가 되나

회悔心심

찌든 삶에 방황하는 유혹

마음을 비우지 않으면
채
울
수
없듯이

모든 것을 내려놓으면
가뭄에 단비를 담아
기쁨과 행복을 주는 리듬
향기 나는 꿈을 안고
자석처럼 따라다니는
고향의 봄을 가듯
인생의 전환점이 되리

동토의 계룡 영산

신과 교접한 천혜
설국 은빛 기둥이 선 은선폭포
겨울 산의 꽃
폭포수 분수 품는 눈보라 속
남매탑의 영혼은
산호 같은 상고대가 손짓한다

삶의 굴곡을 넘는 새로운 도전은 늘 긴장된다
이별 앞에 넘지 못하는 쌍벽은 없을 것이다
자연의 변화무쌍한 빙벽의 폭포
선지자들처럼 물러갈 때를 알고 있다
꾸밈없는 여백의 수묵화, 단아한 그림처럼
텅 빈 마음을 무엇으로 채우려는가?

일출도 일몰도 없는 옛 사랑 그림자처럼
원대한 세상 속으로 가는
탈선된 기차처럼
깔딱 고개를 넘는 이별은 서러워라
그러나 자연은 쉽게 허락하지 않는다

겨울 바닷가

푸른 하늘과 맞닿는 쪽빛바다
하늘은 넉넉한 마음으로 바다를 품고
바다는 하늘의 풍광을 가슴에 담는다

높은 곳에 서면 탁 트여진
하늘과 바다 사이에
연우처럼 해무가 피어오르는
자연의 조화로운 빛은 한 폭의 동양화
바람 따라가는 파도의 길손
쓸쓸하면서도 따사한 온기를 품은
겨울 풍경을 품안에 묻는다

바닷바람에 일렁이는 세파 속에
한겨울 매서운 추위에도
척박한 땅에 살아온 생명들……

예측 불허의 태풍의 눈, 바다
한 치 앞을 모르는 우리네 삶처럼
내 안에 품고 있는 많은 사연들
소소한 풍경들이 눈을 즐겁게 하는데
눈과 귀와 마음은 어느새
맑은 샘물처럼 정화되고
끝도 없는 질문을 자신에게 던져 본다

바다는 온몸으로 하늘을 감싸며
공감을 느낄 수 있는 바닷길
바람의 속삭임처럼 갈대가 소근대는
자연의 귀를 열고 명상에 잠겨 본다

겨울 산 끝자락 길

칼바람에게 몸을 내주고 간 산길은
순리의 고행, 악천우 속에 긴 여로
살을 에어 내는 몸부림의 기다림
그곳엔 산의 화답처럼 비경을 보여 준
불멸과 소멸의 자연은
깨달음과 정직함을 알려 주었다
마음으로부터 누군가
다가오길 바라는 것처럼 일출은
나의 일상과 바꾼 보상처럼
기다림은 마지막 희망이다

그 소망은 마음속 깊은 햇살 같은
꿈을 품고 가는 겨울 손의 끝자락
바닥에 납작 엎드린 마른 풀잎들의 시샘
생명이 있는 모든 것들은
조화롭게 폭포의 물방울, 떨림으로
새처럼 날고 위대한 자연의 기적처럼
자신을 찾고 행복한 마음의 변화를 느끼는
아름다운 꽃으로 피어오를 때는
겨울산은 한 차례 홍역을 벗고 머지않은
시간의 미완에 산은 봄을 품을 것이다

호랑이

十二支 神 호랑이는 단군신화에서
곰은 마늘을 먹고 백날을 견딘 끝에
웅녀가 돼 단군을 낳았지만……
호랑이는 기민과 용맹성은 있으나
인내와 극기심이 부족하여
자신의 자아를 떨치지 못하여
인간으로 환생을 하지 못했다지만
설화에는 어리석고 아둔하여
머리에 왕(王)자를 그린 호랑이는
"떡, 하나 주면 안 잡아먹지."
또 효자를 알아보고 은혜를 갚는
전설적 영명(靈明)한 짐승으로
무서워하면서도 친근감 주는 양면성
세련된 몸매와 호피(虎皮)는
아름다움은 극치에 달하나
호명(虎名)은 간담을 서늘하게 하지만

언제나 인간과의 조화로운 교감을 갖는
영물(靈物)로 산신령처럼 숭배를 받는
전설 속에 인간의 삶, 중심에 있다

천지 거울 조각공원

하늘과 호수가 맞닿는 소실점에서
하늘이 호수를 삼키고
호수가 하늘을 품으면

거울 속에 잠긴 두 영혼이
토해 놓은 말초신경은 파문이 일면
그림자를 품고 속삭이듯
심장 소리만 처연하다

서로가 서로를 다스리지 못하는
계단 없는 접전지점에서
서로가 박무의 덫에 포박된 채
섬광과 섬광 사이에서
파도처럼 일렁이는 깃발은

마음 안에 품은 그리움의 변주곡만
허공에 메아리치며 절규할 때
별똥별이 꼬리를 자르는 노을은
거울 속 호반에 몸과 마음을 묻는다

길 위에 서서

춘하추동의 삼백육십오일
거부할 수 없는 운명
세월에 편승하여
정해져 있는 길을
파도를 넘고 구름처럼 흘러
물결 따라 흐르는
긴 여운을 긋는 길을 걷고 있다

개척자로 미지를 가다 보면
때로는 억장이 무너지는
삶과 죽음의 길목에서
내 탯줄을 걸어 놓고
말없이 왔다가 침묵으로 가는
낙엽처럼 떠나리라
철새처럼 자유롭게 날고 싶다

조弔燈등

구슬피 우는 하늘의 눈물 속
희미한 감귤 등불이
빛나는 전봇대에
주렁주렁 버겁게 매달린 거미줄
빗물, 눈망울이 서커스 외줄 타는
초서녁 농네 집집마다
밥 짓고 된장찌개 냄새가
고향의 어머님 손맛이
목구멍을 후벼 판다

전기 과부화로 펑, 소리와 함께
전봇대에 등지를 튼 까치 한 쌍이
거미줄에 목매어 자살하고
섬광이 밤하늘 별처럼 반짝인다

순식간에 천지 암흑 속에 헤매는 가정은
촛불의 조등(弔燈)을 걸고 통곡하며
네 탓이냐, 내 탓이냐
원성만 포효하면서도
소생을 위해 간절히 기도한다
성찬도 잊은 채
아낙네들의 한숨 소리는

샛별이 배꼽처럼 반짝이는
하늘을 바라볼 때

비상등 켠 구급차 달려와
간신히 심장수술로 소생된 에너지
상흔의 흔적도 없는 소통
집집마다 평화의 불꽃으로
허공에 매달린 광대처럼 춤춘다

소所望망

꿈과 설렘의 빛, 일출과 함께
새해를 맞는 기쁜 함성
떠오르는 태양신 앞에
지구의 67억 8천여 인종은 한결같이
해가 바뀔 때마다 바라는
소망은 다르지만……

자기 인생의 부족한 부분들
사랑 부자 승진 합격 건강 등
간절한 마음으로 기도를 할 때
내, 이기심이 마음의 벽을 만들고
남에게 배려하지 않는 인색함을 갖게
타인과 자연히 차별화를 갈망하나?

그러나 하느님은 태양신에게
우주의 평화와 차별 없는
무한한 사랑의 조화가 되도록
생명의 근원인 빛을 발하여
세상에 골고루 자비를 베풀어
낮과 밤, 빛과
모두가 함께 사는 풍요와 행복이다

태양처럼
막힘 없는 무한 열림으로
더불어 살고 있는 사회 공동체 안에서
구태의연한 우리 마음의 자화상을
차별이 아닌 긍정과 포용으로
늘 관조와 겸손한 자세로
부정적인 기운은 건조시키고
태양의 열린 마음처럼
이웃을 따뜻하게 어루만지는
상생과 무한한 사랑으로
보시의 기원에 광원이 될지어라

대大寒한
-다가서는 봄

내면으로 키우던 동면(冬眠)은
그대 등 뒤에서 숨어 오는 꽃바람 피우면
폭약처럼 터져 나오는 신음 소리가
바람의 손톱으로
내 마음 한퀴어 가는 애증의 그림자처럼
혹한에 멍들고 상처 난 자리
시선, 비껴 가지 못하는 마음의 눈을 닫는가?

귀만 트면 푸른 꿈 환난(患難)에 빠져
멈출 수 없는 순례자의 길
멀리서 아우성치는 아픈 숨결 소리
상처를 보듬어 달라고 애원하는
열꽃들의 반란인가
내 안에 품은 평화의 사도인가
격정의 순간들 기다림의 미학인가

기억의 언저리에서 숨어 오는
꽃샘바람이 뜨락에 머무는 자리
곁눈질하며 흔들어 대는
침묵 속에 추억의 회고록을 쓴다

詩가 흐르는 곳

도심 속의 전원 숨 쉬는 목조주택 2층 속에
우리는 여섯 식구가 산다
고등학교 교사를 막, 퇴직한 아내
공무원이고 또, 웹툰작가인 아들
수문장 삽살개 사비, 진돗개 A4, 애완견 방울이
左丑龍 右白虎라 했던가?

오감을 자극하는 향기
앞산 뒷산에 뻐꾸기는
시침의 시그널을 달고
마음의 문과 가슴을 두드린다

유성천의 서걱거리는 갈대밭에서
심오한 풀벌레 소리 화음에 맞춰
수많은 새 떼들은 천국인 양 歌舞를 하고
앞산 아래는 배나무 밭과 승마장이
뒷산에는 왕가봉이 우뚝 서서 지키고 있다
우측은 민족의 영산(靈山) 계룡산 뿌리에
뒤편엔 호국의 수호신 국립대전현충원
앞쪽은 학문의 전당 한밭대학교가 있다
좌측에는 유성온천 중심부의 야경은
천마가 별처럼 떠오르듯
아름답고 신비로운 사색에 물들여지고

사통팔달 교통의 교두보 하나로서
아, 이곳의 명당에
詩가 흐르는 곳에 詩人이 살고 있다
가을의 길목에서 오곡백과가 춤추며
정원 앞에는 대봉감 단감은 붉게 엮여
해시계를 희롱하듯 흐느적거리는데……!

미로 속에 시각과 미각이
두뇌를 진동시켜 한 줄의 詩를 읊고 싶어져라
평화롭고 오, 아름다운 이 강산
영혼을 기댈 곳에 천사가 부른다

* 신축한 주택에 입주 시 교감을 느끼고 그린 詩園(2011. 5. 8).

미소 짓는 꽃

꽃은 인류의 보배요, 아름다운 요정이다

벌거벗은 여체는 신비성을 잃듯
꽃은 반만 피었을 때를 보라
꽃도 욕정과 욕망이 있어
화려한 빛깔과 향기로 유혹하고
저항의 계략을 구사 숙명에 맞선다

꽃은 자연을 통해 자신을 드러내고
유혹의 키워드를 무기 삼아
다채로운 꽃잎의 화간 암술 위에
씨방 화분을 담은 수술로
유혹을 하는 경이로운 생물체다

꽃은 꽃무늬로 꿀샘이 있다고
곤충을 유인, 이정표로 길을 열어 주나
벌은 색깔을 보지 못하지만
자외선을 이용, 보는 암호를 가지고 있다
꽃의 그 화려함 뒤안길에는 희생과
낙화의 슬픔과 추함이 동반되고 있다

사랑의 눈으로 보면

호수의 한가운데에
사랑의 씨앗 하나 던지면
동그라미 그리며 퍼져 나가고

사랑은 사랑을 낳고
사랑은 전염되어
사방에 확산된다

그 사랑은
감미로운 혀끝이 아니라
마음으로 느끼는 맛이 되어
사랑을 불어넣는 수호신

꽃피는 시절 꿈이라면
소꿉장난하던 신랑각시처럼
심장이 멈추려는
가슴을 쪼개지 않는다 해도

떨려오는 그 손끝으로
그대를 잡지 않는다 해도
그리움은 오색 물방울처럼
온 세상에 퍼져 나가겠지

엄니의 자장가

고무풍선 같은 소우주 펼쳐지면
엄니의 가슴에 금빛 햇살을 품고
요술 같은 손으로
金, 나와라 똑딱 銀, 나와라 똑딱
가정의 영토를 넓히던 숲에서
꿀떡을 먹고 자란 미완의 나

언제나 배꽃 미소로 속삭이며
내 목마요, 네 목마다 하듯
미완의 자장가로
나를 동화의 나라로 보내며
사모곡 마당 사연 주머니 속에
백골난망이란 고목의
주심초(柱心礎)가 낙화했나 보다

엄니는 온누리에
선홍빛 사랑의 심지로
나 다시 아니 태어나도록
엄니의
봉황 주머니에 영원히 품고 싶어라

지천명 地天命

봄은 빛 좋은 개살구
바람난 구름바다
미치광이 광란이다

여름은 하늘 높은 줄 모르고
키 재기만 한다

가을은 하늘 목마 타고 더듬고
구름 위를 날고
무아지경에 비틀거린다

겨울은 피고름을 짜고
티눈을 만든다

순명(殉名)처럼
하이, 하이(遐邇) 하이
初志一貫……

밤꽃 사랑의 연인

봄이 오면 절반의 유혹을 손짓하듯
밤꽃 수술은 남성호르몬을 풍기면
동토에 갇혀 열꽃을 발산하지 못한
심연, 경계의 끈 빗장을 풀고
나비를 마중 나온 수절한 꽃님은
춘몽에 젖몸살을 앓는다

가을이 오면 꽃님의 심정을 모르는
밤송이 터지는 미소에 밤잠 설치고
영혼을 토해 내는 신음 소리
님의 발자국 소리는 적막강산에
달빛에 숨어 오는 나비가 그리워서
사랑을 품지 못한 실어증에
아가의 심장 같은 사랑의 씨앗
주옥같이 반질반질한 밤알을
남근(男根)을 애무하듯 위안 삼으며

추수감사절에서
다람쥐처럼 두, 손 모아 소원을 빌며
사랑의 씨앗 영혼을 가슴 모아 놓고
겨울 동안거 동화의 나라로 간다

시時流류

삶의 때가 문진처럼 남는 상흔만
마음 앞에 무너지는 정 때문에
바위벼랑의 끝에서도
배꼽 시침에 따라 흐르는
그대의 창문이 되고파
가슴이 뭉클하게 넋을 놓는다

꽃비가 나래를 치면
마음까지 쉬어 가는 편린들
따뜻한 햇살의 속삭임에
광야에 빛나는 별빛처럼
거울 같은 속마음을
넉넉한 품안으로 반긴다

자석 같은 풍광에 압도되는
하늘빛과 바다의 빛이 어우러져
세상을 여는 황금 바다에
붉게 물드는 내 마음처럼
사색의 사유를 품는다

여旅行행

우리 人生은 천차만별의 길을 간다
길, 끝나는 지점 어디선가 다시 만나면
그 길은 이미 끝난 소실점이다
길은 내 마음속에 무수히 깔려 있다

사람과 사람 사이의 왕래하는 길
삼라만상과 서로 교감하며
신과 내 영혼이 머무는 곳
모든 길은 처음부터 닦인 것은 아니다
우리의 길은 시작도 끝도 없다
하나의 과정일 뿐……
그 자체가 목적일 경우는 매우 드물다
가야 할 목적지만 염두에 둔 채
길은 나설 땐 기대와 떠남만이 있고

여행 뒤에는 항상 아쉬움만 남는 것
반면, 길 자체가 과정이자 목적이 되면
여유로운 마음속에 많은 것을 담아 볼 수 있다
떠나는 길은 고행이지만 그리움이고
미지의 세계에서 나를 찾는 깨달음의 시작이다

내 마음의 쉼터

하얀 화선지에
넋두리하는 소망들
남은 길은 어찌하면 좋을지
끝이 보이지 않는가?
닫힌 마음을 열지 못해도

흰 눈, 속에
수많은 지문과 발자국을 남기며
주술사가 주문을 외우듯
편견과 오만함을 묻고
눈 녹이듯 벽을 허물어
들꽃처럼 함께 소박하게 웃으며
흐르는 강물처럼 소근거리는
파수꾼이 되어

네가 나의 손을 잡아 함께하면
내 넋의 도금(鍍金)은
인생의 끝자락 쉼터에서
한 줄기 생명수가 흐르리라

신비의 나라 뉴질랜드

태고의 신비로운 남섬과 북섬으로 된 운둔의 땅에
일천여 년 전 마오리족이 정착하여 부족국가를 이뤘으나
19세기 마오리족과 정복자였던 백인들 간 많은 전쟁 후
상호 인정 150여 년 전 영국인들이 정착 후 공생 국가로
자연환경은 얼음으로 이뤄진 산 강 깊고 맑은 호수로
문명 때가 묻지 않은 넓은 휴양림과 길게 뻗은 해안에서
농업 임업 수산업 목축업이 발달하였고
국민성은 모험을 좋아하여 번지점프의 원천지이고
레포츠 하이킹 스키 레포팅 번지점프 등으로 유명하며
사회복지가 선진국 형으로 아주 잘된 나라

남섬의 크라이스트처치는 뉴질랜드의 수도이며
도시 전체가 공원인 '가든 시타' 란 애칭이 있는
가장 영국적인 분위기가 나는 3번째 큰 도시로
빙하지대로 만년설의 눈물로 많은 폭포와 호수
수려한 자연경관 영화 '반지의 제왕' 촬영지로 유명하고
사철 루핀 등 야생화가 지천으로 만개되어
아름다운 풍경과 장엄한 경관에 극치를 볼 수 있고
캔터베리 대평원을 지나 마운트 쿡 국립공원
빙하의 눈물인 에메랄드 빛 푸카키, 데카포 호수
선한 양치기 개동상과 세계 초미니 교회의 그림 풍광
남반구의 알프스라 불리는 마운트 쿡의 만년설 조망

반짝이는 와카티프 호수는 동화 속의 휴양지로
일만 년 전 빙하기에 만들어진
태고의 원시림을 간직한 피요르드 국립공원
수정같이 맑은 거울 호수의 진풍경은 장관을 이루고

퀸스타운은 북쪽 연안에 위치하여 서던 알프스를
바라볼 수 있는 3번째 큰 도시는
보석같이 아름다운 와카티프 호수를 품고
날지 못하는 유명한 모아새와 양치기 동상의 운치
와카티프 호수는 세계에 손꼽는 관광 도시의 하나로
길이 77km의 긴 병풍처럼 둘러싸고 있는 주변에
높은 산과 호수변의 특유한 가옥의 마을 그림 풍광이
절묘한 조화를 이루는 神이 주신 호반의 도시로
상상을 뛰어넘는 다양한 스포츠를 체험할 수 있어
여행자들이 모험과 용기가 기대되는 꿈이 많은 관광지
깎아지른 듯 피요르드의 절경은 신화처럼 풍광을 연출하고

만년설인 빙하지대 협곡의 호머터널(길이 1,219m)은
1953년에 착공하여 망치와 곡괭이 삽과 정만으로
20여 년 만에 놀라운 인간의 수작업으로 완공되었으나
자연 그대로의 암석지대 터널은 폭이 좁아 일방통행으로는
스스로 마음을 다스리기 힘든 통행의 숨을 멈출 듯, 싶었다

밀포드사운드는 물개 사냥꾼에 의해 발견된 천혜의 요새지
1만 2천 년 전 빙하기 겹겹이 싸인 협곡과 바다로 만들어진
피요르드 국립공원은 호수 폭포 바다사자 펭귄이 유명하고
세계 제일의 산책로라고 불리는 트레킹 코스도 있으며
빙하기 해안 절경은 해수면이 녹아 형성된 많은 폭포수가
만들어진 절벽 사이에 깊이 들이긴 협킹으로
오아시스 같은 호숫가는 어느 음악보다 폭포 소리가 아름답다
심장의 고동 소리처럼 쿵쿵거리는 몽환적인 시간 속에
눈으로 즐기고 가슴으로 담아 가는 비경 속에 꿈을 꾸고
마음을 송두리째 빼앗겼던 크루즈 여행을 잊을 수가 없다

옛 금강촌의 정취가 남아 있는 에로우타운을 감상하며
최초의 번지점프(높이 43m)가 있는 키와라우강 다리 위에서
삶의 질곡을 다시 한 번 회고해 본다
크라이스처치를 굽어 흐르는 에이번강과
고딕양식의 영국식 대성당과 방대한 시민들의 휴식처
헤글리공원에서는 시민들의 자유분방하고
거목의 나뭇가지에는 박쥐가 주렁주렁 매달린 평화스런 풍광
지구의 반대편 남태평양 바다 위에 솟아난 이상한 나라다

시드니 오페라하우스

매혹의 남태평양 파라다이스
전설 같은 하버브리지
옷걸이처럼 하늘에 걸려 있다
바다 쟁반 위 백조 같은 하얀 집
천사처럼 나래치고 있다

심상의 꿈, 주고 꿈을 실어 주는
노을 같은 요트들의 깃발은
천국으로 가는 길인가?
활처럼 휘어진 스크린 바닷가
빨알간 동화의 가옥들이
게딱지처럼 군무를 이루고
나비처럼 별빛처럼 향기 품고
세상의 빛을 다 모아 놓은
황홀한 세계 미항의 등불!

시간까지 멈춰 버린 환상들
마법 같은 태평양의 보물섬은
가슴의 심장에 영혼을 담고 가는
주옥 같은 빛의 시를 쓰고 있다

마오리족의 눈물

실핏줄 혈맥을 이루는 빙하지대

화산암 절벽 파뿌리처럼 자라는
웅장한 폭포 소용돌이의 다리가
삼라만상을 삼킬 듯
아마의 목구멍이 되어
지옥의 터널로 빨아들인다

신(神)의 경지에서 온통 물세례를 받고
다시 부활하려는 인간들
태초부터 끊임없는 물의 리듬에 취해
자신의 호흡을 맞추며
자연의 굴레 속에 동화되어
삶이 휘청거리는데
물 위에 무지개 꽃이 핀다
마음속의 찌꺼기들을 버리고
내면의 마음, 비움의 잣대를 잰다

원주민의 한이 설킨 눈물 꽃비처럼
역사는 전설처럼 흐르고 있다

만년설의 폭포

―뉴질랜드

하늘을 품은 만년설의 물폭탄
악령의 마음을 멈추게 하는
몸을 불살라서
생채기 각질을 벗기고
허공에 훨훨 춤추며
화르르 꼬리를 감춘다

봄꽃처럼
수, 천년 천사의 날개옷
깃발처럼 펄럭이고
태고의 신비 속에 이 땅은
파수꾼 마오리족
신의 함성과도 같다

무지개 다리를 걷는
가인의 하얀 드레스 춤사위
태초 역사의
실타래를 푸는 신기루처럼

사하라사막 부활초復活草의 기도

바람을 먹고사는 사막바다 무한대의 저편
머리칼 풀어헤친 광인(狂人)의 기도에
불모지의 피폐한 수많은 몰골들, 마녀의 저주
모래 온도 섭씨 70도에 연 1~2회만 생명수 뿌리는데
할미새는 파리 떼들을 많이 먹어 연료 비축하고
사막을 질러가는 낙타들의 고난행군뿐인데
몇 100m 우물을 앞두고 사라져 가는 포유동물들
변화무쌍한 모래언덕 등이 바다 물결처럼 춤추며

숨통을 눈, 귀로 막는 가운데
머리, 손, 발을 다 자른 사체처럼
수수깡이로 마른 비목의 촛대는
바람 앞에 선 등불이 되어

천년을 기다리는 느림의 미학으로
사구의 구름 바람과 별빛을 벗 삼아
굴렁쇠처럼 자유분방하게 여행하다 머문 곳

피돌기 혈맥이 없는 황량한 광야에서
천주님을 향해 외치는 소리를 듣고
수호천사가 무지개처럼 나타나서
생명의 요람, 적도상우대로 인도하여

숨이 멈췄던 풀의 가지에 새순이 돋는
신의 기적을 주시어
명사십리 해당화처럼 활짝 웃는
마음의 눈, 영혼의 눈을 뜬, 황홀한 부활초
하느님께 감사기도 찬미하느니라

그늘진 터널 속에서

님아! 그대는 진실을 아는가?
속물인 자신은 바보인 것을……
사회가 인성과 능력이 마비되고
무엇의 포커스 렌즈가 되나
그늘진 터널 속에서
한 알의 밀알이 싹퉁이 틀 때
빛을 향한 그대의 등 뒤에는
암흑의 천재지변이 일고
굴곡의 세파 속에서
너와 나는 같은 속물인 것처럼
동행할 수 없는 긴 터널은 깊고
믿음과 신뢰는 좌절되는가?

인생의 삶은 순리의 교훈 속에서……!
서로가 서로를 믿지 않는 세태
원칙과 소신이 없는 누리꾼, 뿐
가식과 진실이 숨바꼭질하는 주인공들
그늘진 터널을 지나 분수에 맞는
다사로운 빛과 삶을 지향하며
꿈의 행복을 심는 나래로 가고 싶다

영혼의 횃불

성거산의 야생화는 말한다
가시 돋인 세파에 굴하지 않고
한 떨기 들꽃으로 피어나
가신 님 영혼에 핏자국은
타오르는 햇살처럼
가슴속에 꽃동산을 수호하면서

거룩한 주님의 나라
길목에서 조찰히 인도하는
신앙 선조들은
민중의 파수꾼, 횃불이 되어
고요한 산야에 머무는 곳에
영원무궁한 빛으로 피어나리니

심산유곡의 비원(悲願)에는
산야의 맑은 산호초들처럼
솔, 향을 피우며 웃고 있다

수도자의 가슴에 핀 꽃

가을빛이 수놓은 카드섹션처럼 고즈넉한
'성 베네딕토회 왜관수도원'에서
주님과 교감하는
히브리어(Hebrew language)로 미사 집전은
마치, 초대 성전에 온 것처럼 착각하듯
정숙하고 경건한 가슴에 울림이 왔다

수도자들은 세속의 비늘을 벗고
부귀영화도 뒤안길로 접은 채
영성의 두꺼비집을 짓고
아버지 하느님과 소통의 다리를 놓고
하느님의 나라를 위해 오롯이
가난과 순명과 정결의 삶을 지향하며
주님을 향한 일편단심으로
해바라기 꽃이 되어
정결(淨潔)과 청빈(淸貧)으로
기도와 노동으로 자급자족을 하며

"이, 몸은 주님의 종입니다."
보상심리가 없는 순수함으로
주님을 섬겨야 할, 하는 일을 할 뿐이라고……
애덕의 금자탑을 쌓고 또 쌓고 있다

영성은 기적을 낳는 비둘기처럼 날고
페가수스(Pegasus)가 되어
아버지 하느님 나라에 가고 있는데!

우리 신앙인, 심신의 자화상(自畵像)은
지금쯤, 시침은 몇 시에 가고 있을까?
성전(聖殿)에선 천사(天使)이고 세속에서는
이웃에게 아픔과 상처는 주지 안 했나
자아 반성하고 심신(深信)을 뒤돌아보는
자신의 내면을 낮은 자세로 봉사하며
사랑의 심안과 영안으로 세상을 바라보는
성숙된 가톨릭 신자로서 성덕을 쌓는
그리스도 생명의 말씀을 구가하는
마음가짐을 다짐해 본다

지금, 수도원의 뒤란에 추적추적 내리는
꽃비를 맞고 스산한 달그림자를 밟고 가는
수도자들의 머리칼과 옷자락이
삭풍에 휘날리는 뒷모습은
낙엽처럼 부활을 재촉하는
하느님의 사역(使役)을 쌓아 가고 있는 걸까?

자自然연

신이 주신 자연의 고요 속에서
숙연(宿緣)이 마주 서 있는 뭇 생명들

서로가 각자의 일에 열중하고
삶을 뒤돌아보며
오르막 내리막길 걸으며
삶의 버거움이 있어도
서로 보듬고 기쁨을 주는

느림의 미학 속에서
인생의 활력을 되찾을 수 있고
사랑의 열매를 맺어 주는
풍요와 평화를 잇는 징검다리

어머님의 넉넉한 품 같은
숲의 향기가 참, 좋습니다
새로운 희망을 발견할 수 있는
맑은 지혜 눈빛으로 숨쉬는
자연은 치유하는 지혜의 샘입니다